KB253521

増訂 註解 五言・七言唐音 全

明文堂編輯部 校閲

明文堂

增訂
註解
五言唐音
全

途中寒食　宋之問

馬上逢寒食　途中屬暮春
可憐江浦望　不見洛橋人

寒食은自冬至로一百五日之佳節也오暮春은三月也라自洛城으로乘馬下鄕ᄒ야適値寒食ᄒ니乃三月之候也라此時에思家之懷가尤切故로乃於江浦에遙遠望之則不見洛橋之人ᄒ야是以悵歎之不已也러라

別杜審言　宋之問

臥病人事絕　嗟君萬里行
河橋不相送　江樹遠含情

審言이가作萬里之行ᄒ야固當送別于河橋之外로ᄃ딕臥在病席ᄒ야未得送君則悵帳中에悵帳이百倍於病中ᄒ야不可堪抑이오只是江邊之樹가知我兩人之懷緒ᄒ야能含情而繫之以別離戀々之衷ᄒ니

其悲愴悽切이讀之流涕로다

早發韶州

綠樹秦京道
青雲洛水橋
故園長在目
魂去不須招

韶州의셔發行時에西望혼則綠樹重々者는秦京之道오東瞻혼則青雲依々者는洛陽之橋也ㅣ로다生長故園이依俙在于眼界호야夜則感爲之夢호야神魂이飄揚往來於故園이나然이나不如身歸호야歎之深호며悲之切이로다

渡漢江

嶺外音書斷
經冬復歷春
近鄉情更怯
不敢問來人

之問이張易之를交通홈을坐罪호야龍州參軍으로貶移호야洛陽으로逃歸故로其在嶺外時에經年隔歲호야音書가斷絕也ㅣ라及逃歸에已近鄉里호야中情抱怯호야見來人호고不敢問호니蓋憂思交集之時에轉多疑畏耳라更字가妙호지라今人이久客還鄉호야臨到家호야心中恍惚을覺호니亦復如此ㅣ니라

昭君怨

漢道方全盛　何須薄命妾
朝廷足武臣　辛苦事和親

昭君怨者는 去漢歸胡之當時에 怨恨이 彌中者也ㅣ러니 唐文章이 追述其事ㅎ야 傳於世ㅎ니라 昭君이 嘆息言漢國이 方當全盛之時ㅎ야 弓馬之武臣이 衆多ㅎ니 征伐之ㅣ可也ㅣ어늘 何必一箇妾身으로 爲和親之餌耶아ㅎ니 其悲傷歎息이 至於此極也ㅣ로다

其二

昭君拂玉鞍　今日漢宮人
上馬啼紅頰　明朝胡地妾

昭君이 拂玉鞍而上馬之時에 珠淚ㅣ縱橫交流於兩頰ㅎ고 自嘆言今日은 在於漢宮則謂之漢宮人이오 明朝는 往于胡地則謂之胡地妾이라ㅎ니 其願漢厭胡之心曲이 固結不解ㅎ야 使後人으로 讀其詩而宛然聞其語音也ㅣ로다

其三

掩淚辭丹鳳　單于浪驚喜
含悲向白龍　無復舊時容

昭君이 掩面落淚호야 一別漢之丹鳳闕호고 割腸傷悲호야 方向胡之白龍堆호니 故國之思와 異域之愁一當何如哉아 容貌憔悴호고 姿色枯凋호니 蠢彼單于一得其漢國之美色호야 雖甚驚喜나 然이나 今日에 至호야 舊顏을 不可復見也라

其四

萬里邊城遠　舉頭惟見日
千山行路難　何處是長安

邊城이 距漢에 爲萬里之遠호고 行路一入胡에 爲千山之阻호니 去國之恨이 去益深焉호고 滿目蕭瑟이 無非胡風이라 舉頭見在天之日호고 自歎息호되 漢之長安이 在於何處乎아호니 身雖在塞外나 心不忘漢國也로다

其五

胡地無花草　春來不似春
自然衣帶緩　非是為腰身

胡地는乃北方極寒之地故로黃沙白草黑山飛雪而己라春序는雖云
來到一니無草木之花호야頓不知春色호니昭君이於此時에故國山
川이依俙乎眼호고故國之花鳥一徘徊乎心호니情緖悲傷을可知라
一身이瘦瘠호야衣之帶가自然寬緩호則不爲其腰身而如是也一라
호니此亦恨之切이며怨之深이라

賀知章

題
別業
袁氏

主人不相識
偶坐爲林泉
莫謾愁沽酒
囊中自有錢

非正居爲別業이니如園林書院之類라此春遊閒玩之作이니言觀林
泉之佳趣一偶來坐此호야初不識主人之面이라主人은不愁無錢沽
酒호라我自有錢以沽也一라知章의字는季眞이니四明人이라武后
時에爲學士一라

虞世南

蟬

垂緌飲清露
流響出疎桐
居高聲自遠
非是藉秋風

蟬者는以虫化生ᄒ야脫殼林端ᄒ야六德이有ᄒ고無口而以脇下鼓
動作聲ᄒ며其飲은葉上之露오其居는樹間之風이라世南이咏蟬之
時에見垂其緌ᄒ고飲其清露ᄒ며鳴時에流出之響이出於踈潤梧桐
之枝ᄒ야其聲이遠聞ᄒ니非是憑藉悠揚於秋風之中이라任其天機
ᄒ야自然大而遠者也ㅣ라引而比之ᄒ야此亦無求於人之清操歟아

過酒家

王績

此日長昏飲　非關養性靈
眼看人盡醉　何忍獨爲醒

此日은是隋末衰亂之日也ㅣ라昏於飲ᄒ야已不堪矣온何況長乎아
正以其在此日也ㅣ라人性이最靈이어늘酒能昏之ᄒ야既不能養性
靈ᄒ니又曷爲耽之오其緣故는在下二句ᄒ니用非關二字吸起라屈
原曰衆人이皆醉我獨醒이어늘此는郤翻案曰不忍獨醒이라ᄒ니非
苟同于俗也ㅣ라盖逃于酒ᄒ야以避亂而得全其身耳니此는玩世不
恭之詞也ㅣ라傷世憂時之歎을無處消融ᄒ야寓之酒而忘之心者耳
라

詠烏　李義府

日裏颺朝彩　　上林多少樹
琴中伴夜啼　　不借一枝棲

烏者ᄂ雖稱惡聲之鳥ㅣ나素有反哺之性ᄒ야謂之孝鳥ㅣ라日裏에有鳥故로颺射朝陽之光彩ᄒ고琴中에有鳥夜啼曲故로謂之伴이라上林苑中에樹木最多어ᄂ不能棲於一枝之安ᄒ니嘆之之詞也ㅣ라此亦引而比之ᄒ야自歎不遇時者也ㅣ라

賦美人

鏤月成歌扇　　自憐回雪影
裁雲作舞衣　　好取洛川歸

彼美人이眉目之淸秀와色態之佳麗가可謂傾城之絕色이오歌時에所執之扇은團圓이若縷刻明月ᄒ고舞時에所著之衣ᄂ輕薄이若裁成白雲ᄒ니此ᄂ歌舞時에服飾之盛也ㅣ라回雪影을自憐ᄒ야洛川을好取ᄒ야歸홈이니義府가美人을賦ᄒ시先言歌扇舞衣ᄒ고後言憐雪影歸洛川之意라

楊師道

中書寓直詠雨

雲暗蒼龍闕
沉沉殊未開
窓臨鳳凰沼
颯颯雨聲來

中書直中에適值雨下ㅎ야乃吟時景ㅎ시油然之雲이暗黑蒼龍之闕이ㅎ야沉沉未開ㅎ고直舍之窓이近臨於鳳凰之沼故로颯颯之雨聲이不絕ㅎ니二句가雨中之景을善形容者也로다

王勃

江亭月夜送別

江送巴南水
山橫塞北雲
津亭秋夜月
誰見泣離羣

巴江은源出大巴山ㅎ니江水ㅣ從此而來ㅎ야是送也ㅣ라遠山橫雲이凄然慘淡ㅎ야如塞北者然ㅎ니俯仰江水에先欲消魂矣라津은渡水之處오亭은送別之亭이라又當秋夜月明ㅎ니字字哀苦로다趙文韶ㅣ見秋夜嘉月ㅎ고悵然思歸러니今乃送人遠別ㅎ야月下秋宵에相對掩泣ㅎ야有離群索居之慘ㅎ니此時此夜에有萬種難爲情處ㅎ니除此中天明月을誰復見之리오津亭上에秋月明ㅎ며秋風清ㅎ야悽凉蕭瑟ㅎ야心懷感傷이온況又有別離之情乎아

又

亂烟籠碧砌
飛月向南端
寂寂離亭掩
江山此夜寒

江上이遼闊故로有亂烟ᄒᆞ고津亭이秋來故로曰碧砌ㅣ라籠은罩也ㅣ라南端은室之正南門戶也ㅣ라月色이向此ᄒᆞ니正見夜深而話別之久ㅣ라夫至於月轉烟斜ᄒᆞ야悄然寒夜則離亭이寂寞而空掩矣라秋夜江水가本屬寒冷이어늘又兼此夜之離情哀苦ᄒᆞ니倍添寒色也라○散亂之烟氣는碧砌之上에籠繞ᄒᆞ고飛去之月色은南密之端에斜向ᄒᆞ니此時에相送罷ᄒᆞ니亭은門已掩而寂々ᄒᆞ고江山은牽引別離之情而尤寒이라

臨江

汎汎東流水
飛飛北上塵
歸驂將別棹
俱是倦遊人

臨江而觀之則汎汎之水는東流而不回ᄒᆞ고飛飛之塵은北上而相離ᄒᆞ니此는臨江之現在景象也ㅣ라歸驂이別棹를將ᄒᆞ니我輩가俱是遊人之周遊逍遙者也로다

山中

長江悲已滯　況屬高秋晚
萬里念將歸　山山黃葉飛

積久爲客ᄒ야留在山中ᄒ야回思旣往之事ᄒ고又念方今之勢則長江舟檝에滯留ᄒᆞᆯ悲ᄒᆞ며萬里道路에歸去ᄒᆞᆯ念ᄒᆞ니辛苦懷愴을不可堪抑이어늘況又深秋之時에黃葉이蕭蕭ᄒ야亂飛山山ᄒ니情何可禁乎아

贈李十四

亂竹開三徑　從來楊子宅
飛花滿四隣　別有尚玄人

此ᄂᆫ李十四가幽居之景也ᅵ라叢竹亂篁이圍繞周密之中에三條之捷徑이開通ᄒ고飛花가一片東ᄒ고一片西ᄒ야繽紛遍滿於四隣之家ᄒ니花竹之景이怡然可觀이라從來揚雄之宅에別有尚玄談之人이라ᄒᆞ니以此로稱其李十四之意也ᅵ라

普安建陰題壁

江漢深無極　山川雲霧裏
梁岷不可攀　遊子幾時還

江之永하고漢之廣하야其深을不可測이오梁之高하고岷之崇하야其勢를不可攀하니江漢이浩蕩하고梁岷이嵯峨하야江山之勝을無以枚陳矣라雲霧가晦暝한中에遊子騷人이幾時還於此地乎아余乃遊覽하고詩以記之하야題其壁云耳이라

盧照鄰

登玉淸

絕頂橫臨日　孤峯半向天
徘徊拜眞老　萬里見風烟

登臨玉淸觀則削立之絕頂은橫斜하야俯臨白日之上하고聳出之孤峰은一半이落向靑天之外하니山之高峻을可見이라入其觀하야修道之眞老를拜而見之하니萬里之外에但見風烟之蔽空而已라

曲池荷

浮香繞曲岸　圓影覆華池
常恐秋風早　颻零君不知

池曲故로岸亦曲而荷香浮來繞之라荷圓故로影亦圓而覆于華池之上하니此以荷之芳潔로自比也ㅣ라荷는宜于夏하고不宜秋風故로常

恐其早到而致荷之零落也라上句常恐二字가包此句在內호니荷ㅣ受秋風飄零호야不爲人知가如人이負異才호고流落不偶호니夫豈有人知之者ㅣ리오盧照隣이當武后時호야悲不見用故로以此詩로寓意러니其後에果以惡疾로投穎水而死호니詩爲之讖與아

浴浪鳥

獨舞依盤石　羣飛動輕浪
奮迅碧沙前　長懷白雲上

浴浪之鳥가獨自舞時에는依立乎盤石之上호고成群飛處에는乍動乎輕細之浪或碧沙之前에奮飛踴躍호고身雖在於水中이나其滿腹之志가長在白雲之間호니此鳥는必不與凡鳥로同類也로다此亦寓意歟아

在軍登城樓　駱賓王

城上風威冷　江中水氣寒
戎衣何日定　歌舞入長安

從軍之卒이登城樓則城上은風冷호고江中은水寒호야寒冷之氣가

感傷人情ᄒᆞ야去國之愁와思家之懷ㅣ不可堪抑이라嘆息言ᄒᆞ되敵
兵之陣을衝突擊破ᄒᆞ고戰戈橐弓ᄒᆞ야旌旗翻揚ᄒᆞ며口以歌ᄒᆞ고手
以舞ᄒᆞ야入長安而奏凱乎아乃異域風霜에悽愴이切至ᄒᆞ야何日에
定ᄒᆞ고班還京師耶아ᄒᆞ니末乃願禱之詞也라

易水送別

此地別燕丹　　昔時人已沒
壯士髮衝冠　　今日水猶寒

此地ᄂᆞᆫ易水之上也ㅣ라荊軻ㅣ西刺秦王ᄒᆞᆯᄉᆡ燕太子丹이送至易水
上而軻ㅣ別之라荊軻ㅣ急太子之難ᄒᆞ야怒髮而上衝冠也ㅣ
라昔時에易水上에燕丹과高漸離及白衣冠客이送軻者ㅣ皆慷慨垂
淚러니今에安在哉ㅣ오今日에復于此에送別ᄒᆞ니風蕭蕭兮易水寒
이猶如昔日也ㅣ라賓王이蓋有慕于荊軻而爲之感慨如此ㅣ라○易
水之上에送別人情이追憶荊卿之當年ᄒᆞ야因感今日之怊悵ᄒᆞ니讀
之에令人悲傷이로다

玩初月

乘昏影暫流　　忌滿光恒缺
自能明似鏡　　何用曲如鉤

此ᄂᆞᆫ愛玩初月而詠也ㅣ라滿則虧를恒忌之ᄒᆞ야輪殼이缺半을好之
ᄒᆞ고乘黃昏之時ᄒᆞ야片影이暫禱於西天ᄒᆞ며且光明之輝ᄂᆞᆫ自能似
鏡이오屈曲之形은何用如鉤乎아此ᄂᆞᆫ摹出纖纖之初月也로다

夜送趙縱　楊烱

趙氏連城璧
由來天下傳
送君歸舊府
明月滿前川

趙惠文王이得和氏璧ᄒᆞ야秦昭王이願以十五城ᄋᆞ로易之ᄒᆞ니是ᄂᆞᆫ
和氏璧을天下ㅣ所共傳以爲寶也ㅣ라因以此趙縱之名이傳天下也
ㅣ라今日에送君回還舊府ㅣ亦如藺相如不與秦璧而完趙也ㅣ라月
色이暎川ᄒᆞ야光輝潔白ᄒᆞ니君還舊府에聲光四達이亦此體也ㅣ라
○此ᄂᆞᆫ援古事而比今時耳라

贈喬侍御　陳子昂

漢庭榮巧宦
雲閣薄邊功
可憐驄馬使
白首爲誰雄

獄中燕

拾蘦嫌叢棘
衛泥惻死灰
不如黃雀語
能雪冶長猜

漢桓典이爲御史ᄒ야有感名ᄒ야人이稱爲驄馬御史ㅣ以
直道而不見用也ㅣ라漢朝廷은猶本朝也ㅣ라巧宦은不以正으로得
官ᄒ고賄賂權要而遷職也ㅣ오雲閣은猶言雲臺麟閣이니指邊疆武
臣也ㅣ라力戰禦邊이反不蒙賞ᄒ고公侯之位도亦巧宦者ㅣ居之ᄒ
니是ᄂᆫ文武ㅣ皆不以正也ㅣ라子ㅣ爲御史ᄒ야自壯至老而不陞遷ᄒ
니直言不用ᄒ야白首立朝ᄒ야一片雄心이爲誰而效乎아○陳子昂
의字ᄂᆫ伯玉이니蜀人이오官左拾遺ㅣ라初唐

獄中之燕이拾其蘦而嫌叢棘之刺ᄒ고衛其泥而恒惻死灰之人이라
昔에公冶長이在於縲絏之時에黃雀이語其寃ᄒ야能雪其猜ᄒ니今
에彼燕은雖在獄이나必如黃雀也로다

王適

江濱梅

忽見寒梅樹
開花漢水濱
不知春色早
疑是弄珠人

流
라양는이귀

韋承慶
南行別弟
南

澹澹長江水　落花相與恨
悠悠遠客情　到地一無聲

梅는且向百花頭上開라ᄒᆞ고一花開後百花開라ᄒᆞ니早發을從此可
知라今於漢水之濱에冒寒方開ᄒᆞ니不知梅花之春色이早至ᄒᆞ고弄
珠之人이立于漢濱인가心疑之더니近而看之ᄒᆞ니疎影橫斜於水底
ᄒᆞ고暗香浮動於風前ᄒᆞ야令人으로可愛可賞이로다

江流之長이如客去之遠이라澹澹은無味也오悠悠는無盡也라以江
水로與起客情이라此時에承慶이坐易之黨ᄒᆞ야從長
江中過故로云然此恨字는從客情中來ᄒᆞ니花之飄落이似人之飄流
ᄒᆞ야花恨人亦恨故로曰相與恨이라花落地何曾有聲이오人有恨
ᄒᆞ야不可告訴故로與落花로一般ᄒᆞ야無有二也라澹々之江水는如
彼ᄒᆞ고悠悠之客情이如此ᄒᆞ야所以寓悶隘悲歎之心也오又彼花之
落이到地無聲이與我無處告訴로同其恨ᄒᆞ야兄弟分離之情境이果
何如哉아

詠鴈

萬里人南去　不知何歲月
三春鴈北飛　得與爾同歸

承慶이南流嶺外之時에見鴈而咏曰行人은南으로萬里他鄉을去거늘歸鴈은三春에得意호야北으로飛호니可以人而不如鴈乎아不知케라何歲何月에與爾로青春作伴호야同歸乎北耶아此는悲切之辭也라心逐南雲逝오身隨北鴈來者는此人家鄉이在於北而向于南故로如是寓懷者也오人情已厭南中苦어늘鴻鴈那從北地來者는此人의故鄉이在於北地而爲客苦於南中故로如是則各指其所居方이라

送兄　七歲女子

別路雲初起　所嗟人異鴈
離亭葉正飛　不作一行歸

此는七歲女子送兄之詩也라峽路에初起之雲은如別恨之薱鬱호고山亭에亂飛之葉은如離情之凄凉이라嗟乎라彼鴈은一行이橫斜雲

端而同歸어늘奈何로我는兄弟分離ㅎ야與鴈之不如乎아七歲女子
로屬文精妙ㅎ고寫情切緊ㅎ니可謂罕有女子也로다

許敬宗

於長安

江令歸楊州九日賦

心逐南雲逝　故鄉籬下菊
身隨北鴈來　今日幾花開

此는九日思家之詩也라自長安으로歸楊州則長安은在北ㅎ고楊州
는在南ㅎ야北則故鄉이오南則他鄉이니豈無別恨乎아行路에心逐
南雲則雲隨南風而北逝ㅎ고身隨北鴈則鴈逢重陽而南歸ㅎ니心身
이相異者는情懷之所使也라遙想컨디故鄉籬下之菊이今日九日에
幾花開而吐香乎아此는客中思家之深而至於菊花ㅎ야도未得愛賞
ㅎ야歎之詞也라

李嶠

中秋月

青冥은天
也ㅣ라

盈缺青冥外　東風萬古吹
何人種丹桂　不長出輪枝

中秋ㄴ八月也니潦盡潭清ㅎ고玉宇峥嵘ㅎ야秋月이揚明輝ㅎ時라

又

郭振

子夜春
歌

月이盈則缺호고缺則盈호야九萬里靑天之外에習習東風이萬古吹
不盡이라丹桂를何世何人이種于月輪호야桂枝가不長호야不出於
月輪之外乎아月은乃太陰之精이니受日光而成白者也라月中丹桂
之說은詩人이轉相傳之오未能知其的否也로다

圓魄上寒空
皆言四海同
安知千里外
不有雨兼風

中秋明月이升于東天호니翫月之人이皆言曰今夜之月이四海之內
에均同無異호고又言千里之外에必也或風或雨호야陰晴不同則今
夜明月이一如此地를安可知乎아

陌頭楊柳枝
已被春風吹
妾心正斷絕
君懷那得知

此는征婦之詞也ー라言別離已久에感物悲傷이온況乎春日景物乎
아陌頭楊柳를忽然見之호니青青嬋嬋乎春風之中호니妾心之懷愴

薛稷

秋朝覽鏡

客心驚落木　朝日看容鬢
夜坐聽秋風　生涯在鏡中

이腸曲이欲斷ᄒ니君懷도亦如此否아未可知也로다

客心이多憂ᄒ야無所感觸이라도猶可어늘乃一聞落木而驚ᄒ야遲
暮之歎이一時激發矣라自此一驚ᄒ야便于夜中에起坐而聽ᄒ니乃
知能落木者ᄂ秋風也ㅣ라秋風이無情ᄒ야令人으로愁殺로다夜
坐懷愁ᄒ야容鬢이必改故로于明晨에從鏡中ᄒ야一看之라從鏡中
ᄒ야見容鬢之已衰ᄒ니乃不覺歎我生涯之有盡ᄒ야明鏡霜毫ㅣ此
其證矣라

鄭愔

詠黃鶯兒

欲囀聲猶澀　高風不借便
將飛羽未調　何處得遷喬

此ᄂ見鶯而吟咏之調也ㅣ라彼鶯이欲囀則聲音이猶多澁澁ᄒ고將

飛則羽翼이未能和調하니此或失其時而然歟아高風이便을不借給
하니從何處하야遷于喬木乎아以黃鳥之失時로引譬自歎之詞也ㅣ
라

南望樓　盧僎

去國三巴遠
登樓萬里春
傷心江上客
不是故鄉人

此는登樓遠望之時也라去國則三巴가何其遠乎며登樓則萬里에都
是春乎ㅣ며萬里之春光이盡入乎眼界하니客懷悲感이烏可已耶아
傷心哉라江上行客이不是故鄉之人이오盡是他鄉之客이니尤益感
傷하야不可堪抑者耳라

途中口號

抱玉三朝楚
懷書十上秦
年年洛陽陌
花鳥弄歸人

抱玉懷書는援引古事하야以譬之也라以此로寓於不得意之狀而年
年洛陽陌上에花鳥戲弄歸人하니歎之甚而發諸詩耳라

奉
和元日賜羣臣
賜羣臣
栢葉

武平一

綠葉迎春綠　　　　願持栢葉壽
寒枝歷歲寒　　　　長奉萬年歡

此는慶進之詩也라元日에賜羣臣以栢葉이어늘葉之綠者는迎春氣而愈綠ㅎ고枝之寒者는歷歲色而猶寒ㅎ니此는言栢之節操能耐氷雪者也오栢葉의壽를願持ㅎ야萬年歡을長奉이라홈은祝君之詞也라

喜
入長
安

崔湜

雲日能催曉　　　　賴逢征路盡
風光不借年　　　　歸在落花前

湜이入長安之路에見雲間之朝旭이忽升于東天ㅎ니能催曉色ㅎ야昧爽之時에寒涼之氣와蒼茫之色을可覩이오自歎風光이催促ㅎ야歲月如流ㅎ니浮生이幾何오現今征伐之行이停止ㅎ야昇平을可占ㅎ고歸長安이在於百花爭發之時ㅎ니豈不喜乎아此는志喜之詞也라

山鷓鴣詞　蘇頲

人坐青樓晚　愁多人自老
鶯語百花時　腸斷君不知

山鷓鴣詞는 非吟鷓鴣者는 何也오 歌詞之名稱也라 青樓暮色이 可愛而人坐其上호고 百花爛發之時에 黃鳥가 得意而囀호니 當此時호야 人多緣愁而老호고 曲曲寸腸이 幾乎欲斷而君必不知矣리니 未知何處에 消盡玆恨耶아

蜀道後期　張說

客心爭日月　來往預期程
秋風不相待　先至洛陽城

燕公이 與友自蜀而歸호야 間道相期호야 同入東都홀시 公이 有事호야 失期而此人이 先歸故로 贈以詩也라 言爲客之歸欲早호야 雖先歸一日이나 亦以爲快라 是以로 與子訂期호야 携手同入于洛이러니 不意에 秋風이 趂子之便호야 不待我而己先入洛則我之後期를 可知也

守歲

張說

故歲今宵盡
新年明旦來
愁心隨斗柄
東北望春回

라○張說의字는道濟니洛陽人이라相玄宗ᄒ야與蘇頎으로俱有文
名掌期延制誥著作ᄒ니人稱燕許大手筆이라

此는除夕之詩也라此夕에達夜를謂之守歲라故歲之三
己盡於今夜ᄒ고新年之三百六十日은始來於明早히
換之夜也라寒隨一夜去ᄒ고春逐五更來ᄒ야斗柄이漸指於東方故
로人之滿腹愁心이亦隨之而已라

自君之出矣

張九齡

自君之出矣
不復理殘機
思君如滿月
夜夜減清輝

自字前에先有一層景況ᄒ고自從君一出로卻便已矣라君未出時에
日勤機織ᄒ야常于月夜에理日間未盡之殘機러니今不復能矣라蓋
以思君念切로沒心緒去料理女工也라上句正爲思字作引故로直接

思君二字라 如字冒下七字호니 思君이 到十分去處에 便如滿月到十分然이나 月滿必虧호고 人愁必瘦호야 月旣滿에 一夜一夜漸減其淸輝호니 便照見妾之淸輝也오 日漸消減而妾之思君이 終無了日호니 不因淸輝漸減而不思也라 此以閨情으로 比臣子之思君이 亦猶是耳라

照鏡

宿昔靑雲志　蹉跎白髮年
誰知明鏡裏　形影自相憐

此는 對鏡自歎之詞也라 居今思古컨딕 宿昔에는 有志於靑雲而只以功名으로 爲主러니 今則志氣頹敗호고 形容衰枯호야 居然爲一老翁호니 萬事已矣勿論호고 白髮垂於兩鬢호야 更不得少年時호니 將奈何오 明鏡中에 形影이 相憐을 其誰知之乎아 悲切之甚者也라

孫逖

同洛陽李少府觀永樂公主入番

邊地鶯花少　年年未覺新
美人天上落　龍塞始應春

龍塞는龍荒邊塞之地라○唐凡以宗女로出嫁外蕃에例封公主라하
이見之하고有感而作하니言邊地苦寒하야鸞燕이不生하고春花罕
發하야雖遇新年而未見春光之麗라今公主自京而來如從天降하니
應使邊塞退荒之地로始知春色矣라하니鑑傷之而反善之也라○遂
은傳州人이니中書舍人이라○盛唐

靜夜思

李白

牀前看月光　　舉頭望明月
疑是地上霜　　低頭思故鄉

此는全寫月光하니光白如霜하야于牀前에見之하니客中靜夜疑是
天曉矣라先是에無心中에見月光하야尚未舉頭也러니因疑有望하
야遂舉頭而有見明月이高如許하고方省是身이在他鄉也라此句는
方寫月字라因望而有思하고惟思故로低頭하야他鄉에此月이오故
鄉에도亦此月하야靜夜思之에眞有情不自禁者라○此詩는如不此
經意而得之自然故로群服其神妙라他本에作明月光하니看字誤하
니如用看字則望字가有何力이리오

相逢行

相逢紅塵內　高揖黃金鞭
萬戶垂楊裏　君家阿那邊

此는俠客遊子ㅣ相逢于紅塵之中ᄒᆞ야黃金之鞭을高舉俯揖而問曰長安萬戶楊柳靑靑之中에君家在於何邊耶아揖鞭而問이此乃游俠之狀態를宛如目見이라

綠水曲

綠水明秋月　南湖採白蘋
荷花嬌欲語　愁殺蕩舟人

水月이至秋ᄒᆞ야俱極淸澈ᄒᆞ니將言泛舟ᄒᆞ야先序時景이라此設爲白蘋ᄒᆞ야以寄秋意ᄒᆞ야以起下蕩舟之人이라采蘋而見荷花之嬌艶이如欲語者ᄒᆞ니如此荷花에何오花光이奪目ᄒᆞ고艶色이迷人ᄒᆞ야因轉而爲愁ᄒᆞ고且愁之甚에盖因蕩舟人이心有所慕ᄒᆞ야情不自持ᄒᆞ니此盖有所托也라○秋水는澄盡而益綠ᄒᆞ고秋月은塵洗而益明ᄒᆞ니淸凉景色이令人感傷이온況採蘋之時에欲語荷花가含嬌而立ᄒᆞ니此盖有所托者乎아

玉階怨

玉階生白露
夜久侵羅襪
卻下水晶簾
玲瓏望秋月

宮人이望幸ᄒ야不覺夜深而白露生矣라生字有意라
因羅襪之露侵而知是夜久ᄒ야于是玉階에不能佇立矣라卻又便入室
而惜寒氣之侵人故로把簾放下ᄒ고只欲就睡라가
야倚着簾兒ᄒ고從簾隙中ᄒ야望玲瓏之月則望幸之情이猶不絕也라
라雖不言怨而字字是怨이라

怨情

美人捲珠簾
深坐嚬蛾眉
但見淚痕濕
不知心恨誰

此는悲怨之詞也라美人이不勝滿腹之怨情ᄒ야捲其珠簾ᄒ고深坐
于樓中ᄒ야嚬蹙其兩箇蛾眉ᄒ더니卻又悲之極而玉淚濕於兩紅頰
ᄒ야痕跡이不乾ᄒ니不知케라恨其誰何而然耶아

秋浦歌

白髮三千丈
緣愁似箇長
不知明鏡裏
何處得秋霜

太白이寓池陽호야有感而作也라言吾髮이因愁而白호니若以莖으
로計之호면應有三千餘丈而離人之愁思又比白髮猶長也而吾初時
覽鏡에髮未白也러니不知케라日照日生호고白日白日多호야如秋霜
蕭而草木黃落也라然而明鏡之中에安得有秋霜哉아亦愁之所使也
라

觀放白鷹　白

八月邊風高　孤飛一片雪

胡鷹白錦毛　百里見秋毫

此는觀鷹之詞也라邊塞八月에寒風이日高而胡鷹이振其白錦之毛
호고飛于白雲之外호니望見一片雪이颼飃于空中而秋毫見于百里
之遠호야其空霄之志可謂高潔也라

憶東山

不向東山久　白雲還自散

薔薇幾度花　明月落誰家

東山은在江寧府東南호니라○東山有薔薇洞호니多此花라今固不
向山中已久故로問其幾度花也라山中에有雲호야因無人焉호야還

라夫空山雲月이以無人而寥寂如此하니安得不憶이리오

自消散而已라山中에有月하야今無人而玩月하니不知落到誰家去也

敬亭山

眾鳥高飛盡
孤雲獨去閑
相看兩不厭
只有敬亭山

敬亭山은在宣城○此爲獨字寫照라衆鳥는喩世間名利之輩今皆得
意而去盡이라此獨字는與上盡字應이오非題中獨字也라孤雲은喩
世間高隱一流나雖與世相忘이나尙有去來之蹟이라此二句는纔是
獨字라鳥飛雲去眼前에並無別物이오推看著敬亭山而敬亭山이亦
以看著我하야兩相無厭하야悠然淸淨하야心目이開豁於敬亭山之
外하니尙安有堪爲晤對者哉아深得獨坐之神이라

自遣

對酒不覺暝
落花盈我衣
醉起步溪月
鳥還人亦稀

對酒忘懷而不覺日之已暝하니眞好自遣이라便見得在花下飮酒하
야坐之甚久故로花落盈衣然이나放懷于酒하야殊不知襟衫이受落

花也라 日落而月上ᄒᆞ니 人已醉矣라 于是에 起而步月ᄒᆞ야 循溪而觀
焉ᄒᆞ니 倦飛之鳥ᄂᆞᆫ 旣已知還ᄒᆞ고 同遊之人이 又復稀少ᄒᆞ고 只此花
月이 與酒로 爲侶而我乃眞堪自遣也라

夏日山中

懶搖白羽扇　脫巾掛石壁
躶體靑林中　露頂灑松風

時當朱夏ᄒᆞ야 山中閑人이 不堪炎熱ᄒᆞ야 或搖白羽扇而或躶體于靑
林之中ᄒᆞ되 猶不能耐ᄒᆞ야 脫巾而掛于石壁上ᄒᆞ고 露其頂ᄒᆞ며 擧其
面ᄒᆞ고 灑其松風ᄒᆞ니 從此로 庶幾忘暑矣니 此ᄂᆞᆫ 淸閑意趣ᄅᆞᆯ 可見이
로다

九日龍山飲

九日龍山飲　醉看風落帽
黃花笑逐臣　舞愛月留人

九月九日會飲于龍山ᄒᆞᆯᄉᆡ 滿山之黃花如笑逐臣이라 醉中에 看風落
之帽ᄒᆞ고 舞時에 愛月留之人이라 佳節把酒可謂樂矣而風落月留亦
可以觀이오 亦可以愛也로다

別東林寺僧

東林送客處　笑別廬山遠
月出白猿啼　何煩過虎溪

太白이遊於東林寺라가回還日에別其僧而贈其詩曰東林寺에送客
處에山月이即出에白猿이啼호니豈不愴感乎아廬山之遠을笑而別
之호니何煩三笑而過虎溪乎아此는月夜相別之意也라

對雪獻從兄虞城宰

昨夜梁園雪　庭前看玉樹
弟寒兄不知　腸斷憶連枝

此는從弟納詩于從兄也라從兄은宰於虞城호고從弟는居於梁園호
야昨夜雪下호야天氣甚寒而弟之寒苦를兄必不知矣라看庭樹之冒
雪成玉호니同根連枝라可以人而不如樹木乎아心腸欲斷호야歎之
深而思之切也로다

臨高臺　王維

相送臨高臺　日暮飛鳥還
川原杳何極　行人尚不息

息夫人

此는送別之詩也라相送而臨高臺則川原이杳茫ᄒ야何其極乎아此時에日已暮矣라衆鳥는高飛ᄒ야投於林間ᄒ되行路之人은尙不休息ᄒ니此亦感歎世之奔忙度了也라

莫以今時寵　能忘舊日恩　看花滿眼淚　不共楚王言

楚文王이聞息嬀之美ᄒ고欲得之ᄒ야以巡方으로爲名ᄒ고至息ᄒ야設伏擒息侯ᄒ고迫息嬀ᄒ야載以歸ᄒ야息嬀生二子ᄒ딕終不與楚王으로說話ᄒ니王이恠問之ᄒ니對曰一夫人이事兩夫ᄒ니縱不死守節이나何面目으로向人言語乎아ᄒ고涙下不止라王維詩以記之曰莫以今時楚王之寵으로能忘舊日息侯之恩ᄒ라此는戒之之言也오花는息夫人名이니看花涙滿眼ᄒ야不共楚王言者는此亦可謂烈貞之心也로다

班婕妤

宮殿生秋草　那堪聞鳳吹　君王恩幸疎　門外度金輿

此는婕妤之怨詞也라獨居故로宮殿의塵埃堆積ㅎ고庭階에秋草蕭瑟ㅎ야令人悲感而君王之恩幸이昔則隆重이러니今則疎薄ㅎ니觸目之愁와滿腹之怨을其誰知之리오鳳管龍笙之吹聲이淸亮于雲霄之外ㅎ고君王之金輿度于門外ㅎ되未得拜謁ㅎ니悲憤을何可堪也리오

又

怡來粧閣閉　總向春園裏
朝下不相迎　花間語笑聲

多見이爲常이오少見이爲恠니恠夫人皆迎媚至尊而婕妤는獨閉却粧閣ㅎ고罷朝而下ㅎ야絶不相迎ㅎ니抑何甘遠幽默이如是乎아又推婕妤之意曰我卽相迎이亦無益處오總不過向春園裏花間에多一人笑語之聲而已라ㅎ니其自甘恬退如此러라班婕妤는官名이오姓은班이라班婕妤得寵於君이라가失寵於君ㅎ야獨處深宮ㅎ야愁苦感歎을豈可詳述也哉아

雜詩

家住孟津河　門對孟津口
常有江南船　寄書家中否

又

君自故鄉來
應知故鄉事
來日綺窓前
寒梅着花未

此는 逢故鄉之友호야 問家消息者也라 乃言曰君이 自吾故鄉而來호니 應知故鄉之事리라 君之來日에 吾家之窓前梅가 今已開放乎아 未開放乎아 不可知也라 此人이 不問其家中消息호고 何必只及於窓梅耶아 此必素所愛惜故로 問之者也오 我爲客頗久호야 節屆發梅故로 爲一問耳라

雜詩云者는 何也오 無題謾吟之謂라 家在於孟津之上故로 門臨于孟津之口而萬國舟檝이 湊集於前津호고 又常有江南船則君之家書를 寄送否耶아 此人이 本以孟津居人으로 爲客於他鄉者也而常有江南船之往來則寄書가 便易호니 倘或付書于君家耶아

送別

山中相送罷
日暮掩柴扉
春草年年綠
王孫歸不歸

此는 山中送別之詩也라 兩人이 一留一去호야 送別旣罷에 山日已暮

而柴扉已掩則其寂寥悲悵之情이目不忍接이라乃歎息言ᄒ되瞻彼
路草ᄒ니草는霜雪之時에는元根盡晦ᄒ다가寒退春回ᄒ면綠葉이亂
抽於舊根ᄒ야年年歲歲히循環不已로ᄃᆡ王孫은一歸而不復歸ᄒ니
悲切悽切이令人流涕로다○黯然銷魂者는別也而別賦一篇과陽關
二十八字並是凄涼云而此詩二十字도亦可謂凄涼也歟ᄂ뎌

別綱川

依遲動車馬
惆悵出松蘿
忍別青山去
其如綠水何

此는王維別綱川也라依遲는盤桓蹴躇之意오惆悵은悲歎凄愴之情
이라動車馬者는初發之時오出松蘿는已發之後라綱川之山水를不
能忘乎心ᄒ야惟彼青山을何忍別去乎아惟彼綠水를將如之何오ᄒ
니此乃欲忘之不忘之情也라

哭

孟浩然

故人不可見
漢水日東流
借問襄陽老
江山空蔡州

此는維ㅣ感浩然之死而作也라故人을從此로不可得見則世事速迅

괏浮生存亡이如水之東流而不復還故見漢水而感傷也라問于襄陽之老翁則答云孟浩然之死後에는蔡州之江山이空虛若無人耳라

送
崔九弟往南山

城隅一分手　山中有桂花
幾日還相見　莫待花如霰

此는送別也라崔九弟往南山而城隅에分手相別홀식問之曰閱歷幾箇日而後에還復相見乎아更托之曰山中에有桂樹호니君之歸期此桂花如霰之前에即回還을是所企望者耳로다

贈
弟穆十八

與君青眼客　不向東山去
共有白雲心　日令春草深

此는贈詩於穆十八者也라與人交接에白眼者는踈也오青眼者는親也라與君으로青眼者는親密之情也니兩人之心이均同無異호야去其紅塵之世호고向其白雲之山이已久而東山泉石에尙不歸去호야光陰이如流호야春草漸長에日以深翳호니可歎歸隱之行이今已晚也로다

上平田

朝耕上平田
暮耕下平田
借問問津者
寧知沮溺賢

凡田曬上平者를謂之上平田이라ᄒᆞ며下平者를謂之下平田이라ᄒᆞ
고別無他意味者라朝而耕於上平田ᄒᆞ고暮而耕於下平田ᄒᆞ니稼穡
艱難을亦可知矣라問津者ᄂᆞᆫ孔子라沮溺은長沮桀溺이라設問古之
問津者寧知沮溺之賢乎아ᄒᆞ니耕稼中에必有賢人君子之類而誰能
之耶아此乃援古比今者也라

鳥鳴磵

人閒桂花落
夜靜春山空
月出驚山鳥
時鳴春磵中

人心이無事ᄒᆞ야湛然淸虛之中에見物性之自然ᄒᆞ니自開自落而已
라人閒則日亦靜이온何況是夜리오夜靜에雖開處나皆空이온何況
春山이息旣靜ᄒᆞ야一切皆空이리오有謂桂花落은與春字礙나然이
나桂亦有四季開花者ᄒᆞ니不必以詞害意니라人閒夜靜時에萬籟俱
寂ᄒᆞ더니忽然月出光射樹間ᄒᆞ야驚却棲樹之山鳥ᄒᆞ니月無心ᄒᆞ고

鳥亦無心ᄒᆞ니只是從閑靜中ᄒᆞ야覺得如此라夜非鳥鳴之時로ᄃᆡ爲
月出而驚ᄒᆞ니天機忽動ᄒᆞ야鳥鳴在樹ᄒᆞ야其聲이在澗而此鳥與澗
則同在春山之中ᄒᆞ야非從無事라人이無心中一聽에又何知是鳥鳴
春澗中也리오因鳥鳴ᄒᆞ야遂以鳥鳴命題라

孟城坳

新家孟城口　　來者復爲誰
古木餘衰柳　　空悲昔人有

右丞別業이在輞川山谷中ᄒᆞ야有孟城坳와鹿柴等處라○右丞相移
家于此라前乎我而居此者豈無池亭臺樹리오乃今에古木之餘僅有
衰柳ᄒᆞ니是ᄂᆞᆫ我直爲昔人而悲矣라然이나將來之後我而居者不知
爲誰라吾安能保我身後ᄒᆞ야不如此之古木衰柳乎아後之視今이猶
吾之視昔ᄒᆞ니吾何必悲昔人之所有哉아新居之初에忽見衰柳ᄒᆞ고
仍感古今之悲而吟也라

鹿柴

空山不見人　　返景入深林
但聞人語響　　復照靑苔上

柴는去聲이니與砦로同이라○空山二字는是一詩之眼이라不見人은是空說是有人이並無形質可見이라人語響은說是無ᄒ고又有語響得聞ᄒ니此人語在山中者는非有非無ᄒ야如在虛空住라返景은落日返照之影이林深而杳冥ᄒ니安得日光所入이리오惟返照之光이斜照入深林內耳라青苔在地ᄒ야日光既照入林ᄒ야必及於地故로青苔亦受照也라曰復照者는意謂深林이原非照臨之地니誰知斜陽透入이리오且復照青苔之在深林下者나然이나返景이倏忽已過ᄒ야寂寂空林이除青苔면亦更無別物이니可不謂空山歟아

白石灘

清淺白石灘
綠蒲尙堪把
家住水東西
浣紗明月下

灘은瀨也니灘多白石故로名歟아灘之水至清至淺ᄒ고又有綠蒲之尙堪把라灘之東西에村家가撲地而村家之女ー明月夜에相與浣紗ᄒ니洴澼之聲이山鳴谷應ᄒ야足令詩人으로攬成佳句之材料也라

竹裏館

獨坐幽篁裏
彈琴復長嘯
深林人不知
明月來相照

此詩은以獨坐二字로爲眼ᄒ고幽篁은深林也라彈琴은此獨坐之事니在竹間更韻이라復長嘯는彈琴未已而復蹙口出聲ᄒ야以叙淸嘯ᄒ니此는獨坐之趣라深林은竹林也니以一人이坐于深林ᄒ니誰復有知者리오明月이似解人意而徧來照獨坐之人ᄒ야若不約而來者라獨坐人이與明月로方繞是兩故로云相照라○竹裏館者는館在於竹林之中故로名이라獨坐有琴嘯之樂而無人知得ᄒ고無私之明月이來照于竹間則玲瓏淸爽이라

辛夷塢

木末芙蓉花　澗戸寂無人
山中發紅萼　紛紛開且落

辛夷塢는在於綱川山谷而與裴廸으로遊其中ᄒ야賦詩爲樂也라辛夷塢者는偸或辛夷花多發而得名歟아未可知也라時有木芙蓉花爛熳於山中ᄒ야紅萼之燦然이可愛ᄒ고此花不以無人으로爲嫌ᄒ고自開自落ᄒ야任其天機ᄒ니此亦皎潔淸高之意를可見也로다

怨辭　崔國輔

妾有羅衣裳　秦王在時作
爲舞春風多　秋來不堪着

此는失寵而怨之之辭也라 秦王在時에 妾之羅衣裳을製作而春風時節에는 衣此羅衣ㅎ고舞之러니 現今節序는秋風凉冷ㅎ야 羅衣를不可堪着也라 此女가以羅衣裳으로比之ㅎ야 得寵於秦王時는此春風時也오 失寵於秦王時는此秋風時也니 此亦秋風能再熱이면團扇不辭勞之意也라

古意

淨掃黃金階　飛霜厚如雪
下簾彈箜篌　不忍見秋月

此는擬古之作이니宮人之怨辭也라 夜不能寐故로掃階以露坐ㅎ야 且以冀君之臨也라 此句解者는俱云霜飛라 愚意는霜落이必于五更이라 當是夜坐既深에白露凝階ㅎ야 從月光中見之ㅎ니厚如霜雪耳 이라下句秋月之根이便伏於此라 於是에舉頭見月ㅎ고不見君王ㅎ야 乃入室下簾ㅎ고彈箜篌ㅎ야 以寄怨卿以自遣이라 所以下簾者는爲秋月之能傷我心ㅎ야 不忍見之耳라

魏宮詞

朝日照紅粧　擬上銅雀臺
畫眉猶未了　魏帝使人催

魏王曹操ㅣ築銅雀臺ㅎ고每宴樂其上臺ㅎ여宮女凝粧盛飾ㅎ야爭妍
妬美ㅎ야擬上銅雀臺之時에方升之朝旭이照耀于紅粧이라此時에
宮女畫其蛾眉를尚未了ㅎ야魏帝使人으로催促ㅎ니魏帝之威風豪
興이至於此乎아

長信草

長信宮中草　　　時侵珠履跡
年年愁處生　　　不使玉階行

此는怨辭也라獨居長信宮ㅎ야見日生之草ㅣ何必於愁處乎아履生
草則自失長養故로時或有珠履之跡이侵之ㅎ야不使之行於玉階上
耳라自嘆自比之意也라

少年行

遺却珊瑚鞭　　　章臺折楊柳
白馬驕不行　　　春日路傍情

以珊瑚爲鞭ㅎ니見物之貴重而少年遺却은驕貴態也라白馬ㅣ以無
鞭으로驕不肯行動은所以起下文折柳也라折柳는所以代鞭而加章
臺二字於楊柳之上ㅎ니以章臺植柳ㅣ妓女所居로少年이過此에情

不在折柳라路傍情은何處不可留戀이리오章臺ㅣ當春日ㅎ야少年
이當更有不勝情者라情字妙

流水曲

歸來日尙早　渡口水流急
更欲向芳洲　回船不自由

此는舟船을浮於流水ㅎ야以遨以游ㅎ야極其樂意ㅎ고歸來則日色
尙早故로更欲放舟ㅎ야至于芳菲洲渚ㅎ야期盡未盡之樂矣러니渡
口에水之流太急ㅎ야不可任意回船ㅎ니此는水勢汹湧故耳라倘或
詩人이乘舟而游耶아抑或採蓮女耶아未可知也로다○流水曲者는
游於水故로以爲題ㅎ고吟咏其事者也라

採蓮曲

玉嶼花爭發　金塘水亂流
相逢畏相失　並着採蓮舟

此는採蓮姬女也라曲者는歌曲之曲字로同이라玉淑者는以玉石으
로修築故로曰玉淑라ㅎ고金塘者는以金石으로修築故로曰金塘이
라花非獨爭發於玉淑오水非獨亂流於金塘이라花爭發處에水亦流

焉이오水亂流處에花亦發焉호니聯成時에分舖以成詩也라採蓮之
女ㅣ亂流中에相逢則急浪驚濤에却畏相失호야互相接着其舟也라

孟浩然

宿建德江

移舟泊烟渚　野曠天低樹
日暮客愁新　江淸月近人

建德江은在浙江嚴州府○泊舟之時에水烟이繚繞故曰烟渚라因日
暮觸景而生愁故愁新이라此聯은賦景而客情이自見이라四野旣曠
호야江頭에一望見호니遠天低而近連于樹라江頭에夜泊호니但見
淸波明月이爲我之伴호니是月近人也라即此孤寂이便是客愁라

送朱大入秦

遊人五陵去　寶劍直千金
分手脫相贈　平生一片心

以劍贈友之詩也라言故人이向長安而去호니長安에有五陵호며有
豪俠所居호니不可無劍也라故로贈以千金寶劍호야以表吾平生一
片호니尚友之壯心也라

送友之京

君登青雲去
余望青山歸
雲山從此別
涙濕薜蘿衣

此는送友入京之詩也라君則有意於青雲而入京則洛水之青雲이爲君所登이오余則有心於青山而鄉谷之青山이爲余所望ᄒ야雲與山이從此而別ᄒ니涙水沾濕於余之薜蘿衣矣니此는市朝之人과雲林之客이相去絶遠ᄒ야更無相逢之期이라不覺離索之悲故로自然涙下라

同

洛陽道中作 儲十二

珠彈繁華子
金羈遊俠人
酒酣白日暮
走馬入紅塵

此는因道中所見而作也라珠彈者는繁華之子오金羈者는遊俠之人也니終日遊遨ᄒ야酒已酣矣오日已暮矣則走馬橫馳ᄒ야入於城內紅塵之中ᄒ니其興致之佚蕩과意氣之軒昂을不可量也로다

春曉

春眠不覺曉
處處聞啼鳥
夜來風雨聲
花落知多少

此詩는字字做曉字호니春氣著人故로曉而不覺이라從枕上호야聞
得無處不是鳥聲호니盖天曉時에陽開호야鳥屬陽호야感陽氣而一
齊皆鳴이라因聞鳥聲而一心이關乎花上호고因天已曉而特轉到夜
來호니夜來는天未曉之前也오風雨는花之所畏니風雨聲이從聞字
生出이라花因風雨必落故로聞聲而即知花落호디但尙在枕上聞之
호야正不知落得多少호니此正是寫曉字處오比及已知多少호야는
天已曉過矣라○知多少는知幾何로同이라

訪袁拾遺不遇

洛陽訪才子　　聞說梅花早
江嶺作流人　　何如此地春

江嶺은江西之庾嶺이니流人은有罪而流放於嶺外也라○浩然이訪
友不遇而傷其被放而作也라拾遺는洛陽人이니孟公之友也라特至
洛陽호야訪之호니不意에袁이已被罪免官而流放于嶺外矣故로作
詩寄之라庾嶺이地暖호야梅花早開호니公盖未至也故로曰聞說이
라言嶺梅雖早나豈如故園春色之可樂哉아惜才人之不幸也라

尋菊花潭主人

行至菊花潭
村西日已斜
主人登高去
鷄犬空在家

此는重陽日也라○浩然이行至菊花潭則西天에日已斜矣라古人이聞避灾之說하고此日登于高山而晚歸則家入回祿하야鷄犬이燒死라以後로俗尚登高故로菊花潭主人도亦從此俗하야登高而去하고空家에只有鷄犬而已라

洛陽道

儲光羲

洛水春氷開
洛城春樹綠
朝看大道上
落花亂馬足

光羲―洛陽道中에見洛之水에氷已解釋하고洛之城에樹已蒼翠하고朝來看大道之上하니紛紛之落花―亂於馬蹄之中하니此時는春三月也라○氷開於水하고樹綠於城하야春色을可見이온況馬足之落花―亂於朝日大道乎아

又

大道直如髮　五陵貴公子
春日佳氣多　雙雙鳴玉珂

五陵은帝王陵寢附近之處니多貴臣所居라玉珂는馬飾也라此言東
都貴遊之盛也라言東都之官衢寬潤而路直이如髮호고芳春에韶華
佳麗호며五陵年少之貴介公子雙雙兩兩히幷馬春游호니鳴鑾佩玉
之聲이相續而不絕也라○光義는潤州人이니天寶中에爲御史라○
盛唐

長安道

西行一千里　暗聞歌吹聲
暝色生寒樹　知是長安路

此는向長安之時也라向西而行호니道路經歷이乃千里也라日己黃
昏호야暗暝之色이生於樹間호고漸漸散步而入호니忽聞歌謠管絃
之聲이隨風淸亮호니始乃知長安之路即在此也라

江南曲

綠江深見底　慣是湖邊住
高浪直翻空　舟輕不畏風

此と江南船游之事를詩以記之ᄒᆞ야謂之曲이라見綠江之色이澄清
ᄒᆞ야深而可見水底오高浪之勢洶湧ᄒᆞ야直而亂翻空中ᄒᆞ니此と咏
江水波浪之形勢라湖邊住舟素是慣習ᄒᆞ야風波雖險惡이나舟能輕
而不畏也라

又

日暮長江裏
相邀歸渡頭
落花如有意
來去逐船流

江天日暮ᄒᆞ니景色千萬이라乘船之人이相邀ᄒᆞ야同歸渡頭則流水
落花宛如有意ᄒᆞ야或來或去ᄒᆞ야逐船之運動而泛泛流來ᄒᆞ니此亦
景概之勝과興味之深者也라

孟城坳
裴迪

結廬古城下
時登古城上
古城非疇昔
今人自來往

孟城坳と在綱川이라裴迪이與王維로同居醉吟耳라古城之下에結
廬而居之ᄒᆞ고時時登古城之上則古城이非疇昔之景이오今人이自

木蘭柴

蒼蒼落日時　緣溪路轉深
鳥聲亂溪水　幽興何時已

來往於此호니其感古愴今之懷ㅣ果何如哉아

木蘭柴는與鹿柴로同이라夕陽이紅歟호고天色이黃昏호면山溪樹木의蒼蒼之色이倍加光輝而此時에歸鳥之聲이嘈嚶于溪畔叢林호니緣溪之路ㅣ轉爲深邃호야幽興이何時而可已乎아

武侯廟

杜甫

遺廟丹青落　空山草木長
猶聞辭後主　不復臥南陽

武侯卒於軍호니後主ㅣ詔立廟於沔陽이러니今丹青이剝落호고山木이茂長則歲月이亦已久矣라武侯上出師表호고辭後主代魏호니至今猶聞之호고但僇力王家호되天不祚漢호야不得功成而歸호야復臥南陽호니是其心忠直이與廟貌로俱古矣라

八陣圖

功盖三分國　名成八陣圖　江流石不轉　遺恨失吞吳

八陣圖는在夔州魚腹平沙之上하니石疊列爲八行하야天、地、風、雲、飛龍、翔鳥、虎翼、蛇蟠也라○言孔明輔蜀之功이三國之臣은皆不能及也라孔明韜略을見於八陣圖矣故로曰名成이라峽水漲時에如十圍巨木과百尺枯槎縱橫隨流而下하야及乎水落하야萬物이皆失其故而八陣圖宛然하야所壘之石이不改其處하니其神異如此라徐而庵曰先主若無伐吳之舉則漢事를猶可爲어늘何至我鼎足之勢而與吳로反結唇齒之邦하야孔明이鞠躬盡瘁하야卒無成功하니此所以爲孔明之有恨耳라

絕句

江碧鳥逾白　山青花欲然　今看春又過　何日是歸年

江水色碧하고鳥飛色白하야以水碧而覺鳥之愈白이라然은火燒色紅也니以山青而顯出花之色紅하니此는子美在夔하야觀江山花鳥

ᄒ야感物而思歸也라我在此ᄒ야看江山花鳥ᄒ고不覺把今春又過
ᄒ니今日이何日이며今年이何年고流光이如駛ᄒ니如之何不思也
리오

又

崔顥

江動月移石
谿虛雲傍花
鳥棲知故道
帆過宿誰家

江波搖動ᄒ고江月照耀ᄒ야宛然月移江邊之石ᄒ고谿谷空虛ᄒ고
谿雲變態ᄒ야遠見雲傍江上之花라尋棲之鳥ᄂ能知故道而飛去ᄒ
니泛江之舟ᄂ今何誰家而宿止乎아此ᄂ江上所見之物을吟而歎之
也라

長干行

君家住何處
妾住在橫塘
停舟暫相問
或恐是同鄉

長干은在金陵이오橫塘은在金陵麒麟門外(一統志)吳自江口에沿
淮築隄ᄒ야謂之橫塘이니在今應天府ㅣ라此ᄂ游女與游子로相問

答之辭也라言游女ㅣ問郎家住何處오不待其答而又自言家住鍾山之橫塘이라疑郎聲音이與妾相近故로停舟借問之호딕恐是故鄉之人이可相詰而致慇懃也〇崔顥ᄂ木州人이니開元中에司勳員外郎이라이라〇盛唐

又

九江은即洞庭湖

家臨九江水　來去九江側
同是長干人　生少不相識

此亦男女對語之詞也라吾家臨於九江之水호야自去自來ᄅ長在于九江之側則同是長干之人으로生少不相識호니今旣晚矣오恨不早也로다

江南曲

下渚多風浪　蓮船漸覺稀
那能不相待　獨自逆潮歸

採蓮之吳姬越女ㅣ滿於中流而下渚에忽然風起水涌호야桂棹蘭撓不能底定호야蓮船이漸歸호야稀少於波面이라乃言與我相親之人은不相待호고逆潮而獨歸호야使我悵然之久오採蓮之女ㅣ同伴同

來之女ㅣ不待先歸를嗟嘆之也라

高適

田家春望

出門無所見　　可憐無知已
春色滿平蕪　　高陽一酒徒

出門無所見은唱起下句春色이나然이나亦見出門落落에莫知所從也라平蕪는平地草也라所見은春色이偏地ㅎ야惟有草耳라可歎無知已는我眼中에並不見有一箇人ㅎ고人意中에並無一箇人이知得我ㅎ니然則我將如之何아只得混迹酒徒耳라高陽一酒徒는漢高帝輕儒生이어늘高陽酈生이入見辭之라生이叱使者曰吾는高陽酒徒也니沛公이見之나夫酈生은以沛公이輕儒故로混託酒徒以見ㅎ고今高適은以世無知已로想酒徒로딕亦不易爲耳라○適이在田家ㅎ야出門에一無所見이滿平蕪ㅎ야春景을可見이라仍自嘆世無知已之友ㅎ고高陽酒徒도亦不易耳라

同　群公題張處士菜園

耕地桑柘間　　爲問葵藿資
地肥菜常熟　　何如廟堂肉

適이與群公으로作詩ᄒᆞ야題于張處士菜園이라桑拓之間地를耕而
治之ᄒᆞ니土理가肥沃膩膏ᄒᆞ야榮屬常熟이라仍問葵藿之味與廟堂
膏粱之人으로當何如乎아此ᄂᆞᆫ讚頌張處士之意也라

岑參

行軍九日思長安故園

強欲登高去
無人送酒來
遙憐故園菊
應傍戰場開

陶公이居柴桑에九日에太守王弘이使白衣送酒○從軍而思故園之
作이니言身在軍中ᄒᆞ야邊驚이稍息ᄒᆞ니當此佳節ᄒᆞ야非無高山可
遊며秋色可玩也로ᄃᆡ其奈無人送酒而此興이遂闌ᄒᆞ고軍中稍閑而
長安이擾亂ᄒᆞ야君上이播遷而吾鄉故園之菊이恐應爲戰場開矣리
니傷哉○參이肅宗時爲御使ᄒᆞ고時至嘉州刺史라○盛唐

見渭水思秦川

渭水東流去
何時到雍州
憑添兩行淚
寄向故園流

渭水ᄂᆞᆫ出隴西郡ᄒᆞ야東至京兆入河ㅣ라雍은在秦中ᄒᆞ야流爲秦川

이라雍州ᄂᆞᆫ參之故國也라○渭水秦川이只隔秦嶺ᄒᆞ야爲兵戈阻塞而
不得通故로見渭水東流而問其何時에到雍州耳라參이在軍中ᄒᆞ야
思家之切ᄒᆞ야通故園者ᄂᆞᆫ惟有此水故로將兩行眼淚ᄒᆞ야憑此渭水
以寄到故園而已라亦是從軍中ᄒᆞ야不得顧家ᄒᆞ야無暇爲思家之意
也라

題

蒼頡造
字臺

野寺荒臺晚　空階有鳥跡

寒天古木悲　猶似造書時

此ᄂᆞᆫ參이題蒼頡造字臺라見荒蕪之古臺ㅣ屹立於野寺中ᄒᆞ고蕭條
之古木은自悲於寒天下ᄒᆞ니追思古人에曠感이自多ᄒᆞ고空虛無人
之階砌에有飛鳥之跡ᄒᆞ니于今에猶似蒼頡이造書之時也라

登

鸛雀
樓

王之渙

白日依山盡　黃河入海流

欲窮千里目　更上一層樓

鸛雀樓ᄂᆞᆫ在河中府ㅣ라○白日依山盡者ᄂᆞᆫ樓前所望者ㅣ中條山이

니其山이高大ᄒᆞ야日爲所遮ᄒᆞ야本未盡而若依山盡者ᄒᆞ니山高를

可知라黃河入海流者ᄂᆞᆫ黃河ㅣ蒼茫ᄒᆞ야其勢直下ᄒᆞ야如見其入于

海者라二句ᄂᆞᆫ皆從樓上望見ᄒᆞ야已盡目力所窮矣라欲窮千里目者

ᄂᆞᆫ此轉語니猶以爲目力未窮ᄒᆞ야不能見及千里外라更上一層樓者

ᄂᆞᆫ若欲窮目力之勝于此樓上ᄒᆞ야得一層纔好ㅣ라此皆詩人이題外

深一層寫作ᄒᆞ야設此虛想이오非眞有樓上樓ᄒᆞ야尙未登也라

祖詠

終南望餘雪

終南陰嶺秀　林表明霽色

積雪浮雲端　城中增暮寒

先題出終南山來ᄒᆞ야作起山對長城이라次寫山頭積雪之處ᄒᆞ니陰

嶺에日光이不照ᄒᆞ야方可積雪이오秀ᄂᆞᆫ是嶺之曲折起伏處也라次

出積雪字ᄒᆞ야卽帶望字意ᄒᆞ고浮雲端은言其高也니惟其高故로可望

而見이라林之外曰林表ㅣ니枕上之雪이已消ᄒᆞ고陰嶺之雪이因天

霽而色射林表而其光이明亮相映ᄒᆞ니是做餘字也라所以望此終南

雪者ᄂᆞᆫ在長安城中也라城中에日暮ᄒᆞ야爲雪所映ᄒᆞ야陰氣直逼而

夜爲之增寒也라上三句ᄂ寫題已畢ᄒ고此又暮寒은描望字之餘影
이라按唐試此題에限五言律ᄒ니詠이作此四句交卷ᄒ디人이問之
ᄒ니詠이曰我已做盡ᄒ니此外ᄂ眞更不能添一語矣라ᄒ니라

罷相作　李適之

避賢初罷相
樂聖且銜盃
爲問門前客
今朝幾箇來

樂聖은古人이以淸酒로爲聖人ᄒ고濁酒로爲賢人ᄒ니皆隱語也라
○公이退位ᄒ야有感而作也라言己無能ᄒ야不堪居相ᄒ야當避位
以讓賢者ᄒ고安居無事ᄒ야惟銜杯縱酒以自樂也라然이나昔之爲
相엔賓客이滿堂이러니今己去位而門庭이冷落ᄒ니顧我而來者曾
有幾人哉아○適之ᄂ唐宗室이니天寶中에爲左相이라善飮ᄒ야與
李白等으로爲飮中八仙이라○盛唐

奉送五叔入京寄綦母三　李頎

陰雲帶殘日
悵別此何時
欲望黃山道
無由見所思

此는送別五叔而仍念萲母三也라陰雲이滿天ᄒ고殘日이掛西ᄒ야
雲陰이掩翳西下之日ᄒ니慘淡蕭瑟之氣ㅣ觸目生愁ᄒ니送別悵懷
當此時ᄒ야果何如哉아又思萲母三之別ᄒ야望黃山道則無由見所
思之人ᄒ야悵別中에又加添這所思之緒耳라

閨怨　沈如筠

雁盡書難寄
愁多夢不成
願隨孤月影
流照伏波營

此는征婦思夫之怨也라夫婿從軍遠在而向那邊之鴻鴈이既已飛盡
則錦字之書를更無寄送이오每當夜則悵緒ㅣ深結于胷中ᄒ야欲眠
而眠不得則何可成夢而夢中相逢耶아書難寄오夢不成則又有一願
ᄒ니吾之身이隨在天之月影ᄒ야共照于伏波營中則夫之面目을庶
幾見之而何可必也리오

對雨送人　崔曙

別愁復兼雨
寄心海上雲
別淚還如霰
千里長相見

此는雨中送人之詩也라別離之愁ㅣ當此天雨之時ㅎ야一層增加ㅎ고別離之淚ㅣ縱橫流下ㅎ야悅若霰雪之飛下ㅎ니此時別恨이尤深於他時라吾之心이寄在海上之雲이면與君으로長相見於千里之外耳라此는別之深이오思之切故也라

王維
綱川別業
別業

山月曉仍在　殷勤如有情
林風涼不絕　惆悵令人別

仍字妙〇月至曉而仍在ㄴ似欲送人ㅎ야不因人去而異也라林際風飄ㅎ야其涼이不絕ㅎ야如欲以待客者ㅎ야不因人欲去而邊絕也라謂此別業之風月이殷勤相送ㅎ야如有情者라彼以殷勤으로添我惆悵ㅎ니直令人으로別思難禁이라

丘為
左掖梨
花

左掖梨花

冷艷全欺雪　春風且莫定
餘香乍入衣　吹向玉階飛

雪輪其艶ᄒᆞ고衣染其香ᄒᆞ니所以寫梨花品格이幽淸ᄒᆞ야爲人所親
愛也라於是寄語春風曰花須借爾之力이니爾且莫歇ᄒᆞ라左掖은乃
中書門下二省之左右掖門이니去帝之玉階尙遠ᄒᆞ야必得春風借力
ᄒᆞ야吹向玉階前飛舞ᄒᆞ야以近夫顏이면乃爲花神有幸耳이라

古歌　沈千運

北邙不種田
但種松與栢
松栢未生處
留待市朝客

千運이登北邙山ᄒᆞ야感而作也라彼北邙山은不種五穀ᄒᆞ고但種松
栢ᄒᆞ야松栢이鬱鬱蒼蒼ᄒᆞ야望之蔚然而或有松栢이未生之處ᄒᆞ니
此는市朝之客을留而待之之故也라此所謂蒿草多於松栢樹와古人
塚上今人葬者其此之云耳라

陪　侍郞叔遊洞庭醉後作　李白

劃却君山好
平鋪湘水流
巴陵無限酒
醉殺洞庭秋

洞庭湖中에 有君山하니 湘君所遊也라 劉은 鏟으로 同이라 言君山在
湖하야 不免湖中芥蔕하야 不如劉郤便好ㅣ라 君山을 劃去하면 湘水
一平流而我眼之界彌覺空潤矣라 巴陵은 即岳州ㅣ라 有酒而不爲之
限量하고 醉倒在洞庭秋色之中하니 眞有萬頃茫然에 縱一葦所如之
意라

元結

將牛何處去　相伴有田父
耕破故城東　相歡惟牧童

此는農家之事也라 問將彼牛而去于何處耶아 向故城之東하야 耕破
其地爲田하야 作伴之田父는 或播或耕하고 傾盡村醪하야 或歌或笑
하며 牧童은 或鋤或鎌하며 嘔歌嘈哳하며 葉笛嘔啞하야 樂其樂하니
昇平氣象을 亦可見이라

劉長卿

平蕃曲

絶漠大軍還　平沙獨成閑
空留一片石　萬古在燕山

此는出戰凱還之詩也라大軍이平蕃後에絕漠之地로奏凱而還則平沙之間에士卒之戍者閒而無事라勝捷之顚末을記而勒之於一片石ᄒ야立於燕山ᄒ니此는萬古長在於此山也라長卿이歌咏其事而謂之平蕃曲이라

春宮懷古

君王不可見，芳草舊宮春。
猶帶羅裙色，青青向楚人。

此는春宮懷古而作也라回憶古事ᄒ니居此宮之君王은不可復見이오芳草之春色이滿於宮中ᄒ야令人傷感ᄒ고草色이宛若羅裙ᄒ야靑靑向楚人則昔日全盛之時에宮姬之羅裙이飄拂此地而今則只有映階碧草自春色耳라

逢雪宿芙蓉山

日暮蒼山遠，天寒白屋貧。
柴門聞犬吠，風雪夜歸人。

行路之際에暮景이可悲라此句는言行路之至難이라白屋貧家에蕭條況이又値天寒而宿ᄒ니更倍凄凉矣라柴門犬吠는驚客到也니確

是夜景이라人從風雪中ᄒᆞ야夜歸白屋ᄒᆞ니是在凄凉中ᄒᆞ야得安樂境也라

送 歸桐廬 張十八

歸人乘野艇　正落寒潮水
帶月過江村　相隨夜到門

此ᄂᆞᆫ送人之詩也라歸去之人이乘其野艇ᄒᆞ고帶明月之色而過江上之村ᄒᆞ니寒潮ᄂᆞᆫ正當此時ᄒᆞ야落而退去ᄒᆞ야相隨而夜到於其門ᄒᆞ니月夜江上之勝景이可以手로一掬이라

送 方外 上人

孤雲將野鶴　莫買沃州山
豈向人間住　時人已知處

(雲級七籤)七十二福地에沃州ᅵ在越洲剡縣南이라○上人이欲居沃州之山故로長卿이送方外上人詩에詩以贈之曰孤雲野鶴이向人間而豈可住居乎아聞說沃州山은乃是時人이已知之處則何可謂避世隱身之地耶아沃州山을莫買之意로繼縷提之耳라

江中對月　　錢起

空洲夕烟歛　歷歷沙上人
對月秋江裡　月中孤渡水

秋江秋月이人人可愛而長卿이見空虛之汀洲에繞繚散亂之夕烟이
忽然歛盡호니秋江이澄淸無塵호고在天明月이照耀호야滿江景色
이挑出興味라又見月光中에平沙上行人이歷歷遠見而帶月孤渡水
호니可謂秋月照寒潭을亦幾近之矣로다

逢俠者

燕趙悲歌士　相逢劇孟家
寸心言不盡　前路日將斜

俠者는劍客也라劇은音吉이니劇孟은漢之大俠이라起借以比俠者也
○燕趙에古多慷慨悲歌之士호니如荊卿聶政之流ー至唐猶盛也라
起ー路逢劍俠之士호야因作詩以贈之호ㄴ서言子固燕趙之俠士也라
與子로幸逢於洛陽道中호니又漢大俠劇孟之鄕이라於是에兩心相
契而縱談悲壯不平之事나無奈高談未盡而夕陽이已斜호고又將分
手而別也라○起의字仲文이니吳興人이라天寶中에下第호고官考

宿洞口舘

郎이라○中唐

野竹通溪冷　秋泉入戶鳴
亂來人不到　寒草上階生

此는起一宿於洞口舘而作也라見竹林이滿野ᄒᆞ고野中有溪ᄒᆞ야源
淺而流ᄒᆞ니竹之淸冷蕭颯이逼人ᄒᆞ고枕上夜靜ᄒᆞ니秋泉鳴咽之聲
이入於窓戶ᄒᆞ야令客ᄋᆞ로不能成眠이라且思之ᄒᆞ니此舘이昔日에
는詞客游子之往來日無斷絕더니今也에는亂離之後에人跡不到ᄒᆞ
야只有寒草一上階而生ᄒᆞ니亦一感歎者也라

石井

片霞照仙井　泉底桃花紅
那知幽石下　不與武陵通

片霞는卽桃花色也라紅花之紅이暎在泉底ᄒᆞ니寫得幽幻武陵에有
桃花源ᄒᆞ야爲先世避秦人이居此ᄒᆞ니逈非塵境이라今安知幽石下
에不有洞口與之相通者乎아用筆이取其奇幻이오不可撫實也라○
桃花爛開之中에有井ᄒᆞ야桃花紅影이倒插於水底而燦然이라

江行 第五

其九

翳日多喬木　維舟取束薪
靜聽江叟語　俱是厭兵人

此는江行而作也라江岸에多喬木ᄒ야掩翳白日而江行之人이維其
舟而取其薪이라江叟之語를靜言聽之ᄒ니皆是厭兵之人也라○此
時受苦於兵戈之中ᄒ야每言에厭苦兵革을互相論述이라

舟行夜已深　斗轉月未落
有村知不遠　風便數聲砧

此亦江行而作也라舟行之時에夜已深ᄒ야北斗星은杓已轉ᄒ고西
天月은輪未落ᄒ니萬籟俱寂ᄒ고四顧無人ᄒ니江上이라方此靜寂ᄒ
야客愁惹起之際에數聲之砧이逐風而來ᄒ니江村不遠을於是乎始
覺得矣라一片舟一浮於萬頃之波ᄒ야當此夜深ᄒ야斗已轉月未落
을니舟中人이不眠而坐ᄒ야不見曉色蒼茫而已오寂無人聲터니忽聞
風便之砧聲이吹來兩三ᄒ야知得村家之近住ᄒ니孤寂中에愁緒를
可以撞破라

秋

韋應物

夜寄丘二十二員外

懷君屬秋夜
散步詠涼天
山空松子落
幽人應未眠

懷友而當秋夜ᄒ야凄然客心矣라離懷無已故로散步而成吟於秋天凉夜也라木落則山空矣라松子落山中은夜靜時也라幽人은指丘員外니應是遙想之詞라遙想其未眠時에當亦有幽興懷秋也리라

西

郊期滌武不至書示

山高鳴過雨
澗樹落殘花
非關春不待
當田期自眺

此는相期不至故로作而寄之라應物이在西郊ᄒ야見鳴雨旣過于高山之上ᄒ니澗邊之樹에餘在之殘花落英紛紅耳라春不待而去를非所關係라當田而不田ᄒ야相約之時自此而遠ᄒ야以是歡之也로다

送春詞

王維

日日人空老
年年春更歸
相歡有樽酒
不用惜花飛

人空老則不堪春更歸矣라春不爲人而留ᄒᆞ니奈何오日日空過ᄒᆞ니
豈不可惜이며年年到春ᄒᆞ니安可不樂이리오惟樽酒在ᄒᆞ야可以相
歡이니此是歡字意라即相歡矣니何者堪惜고春歸當復來오花飛當
再開ᄒᆞ리니若不知及時爲樂者ᄂᆞᆫ乃直可惜이라○此ᄂᆞᆫ送春而嘆人
生之空老ᄒᆞ야歡心을寓之於酒而飛去之花를不足惜耳라

寄盧陟

韋應物

柳葉遍寒塘　　屢日此留連
曉霜凝高閣　　別來成寂寞

此ᄂᆞᆫ應物이作詩以寄盧陟也라此時에霜風日緊ᄒᆞ고天氣日冷ᄒᆞ야
楊柳之葉이飄飆飛下ᄒᆞ야遍滿於寒塘之畔ᄒᆞ고曉天嚴霜은凝結于
高閣之上이라與君留連屢日ᄒᆞ야相與爲樂이러니一朝成別後로彼
阻隔ᄒᆞ야寂寞之懷抱를無處消却ᄒᆞ니如之何오思伊之情이倍切于
落葉蕭蕭之時ᄒᆞ야不可堪抑也라

寄璨律師

凍雪封松竹　　時有山僧來
遙知郡齋夜　　懸燈獨自宿

同

褒子秋齋獨宿

山月皎如燭
霜風時動竹
夜半鳥驚棲
窻間人獨宿

應物이獨宿秋齋而吟其景也라在山之月色은皎潔이悅如明燭之煒
煌호고凜凜霜風은有時로搖動竹林호니蕭颯淸泠之氣使客子로觸
目生愁라此時夜將半에棲林之鳥는驚而鳴호니倘或驚月光耶아窻
間則行人이獨宿호니豈可安心成眠乎아以是로應物이未眠而成詩
也歟아

聞鴈

故園渺何處
歸思方悠哉
淮南秋雨夜
高齋聞鴈來

此는離家當秋호야聞鴈而感者也라言吾之故園이在於何處而渺茫

遙遠乎아歸哉之思ㅣ方切而悠悠乎哉러니況又方在淮南ㅎ야秋雨
霏霏ㅎ고秋夜寥寥타가南歸之雁聲이忽入於高齋之上ㅎ야使我로
故園之思ㅣ一層ㅎ야不可以禁也라

咏聲

萬物自生聲
太空恒寂寥
還從靜中起
却向靜中消

天道不言故로詩云上天之載ㅣ無聲無臭라ㅎ고易云天何言哉아ㅎ
니太空은恒寂寥而五行之佐와四時之更ㅣ宣其氣而歲功成焉이오
至於萬物ㅎ야는無物不有聲ㅎ야樹는風爲之聲
ㅎ고四時는鳥以鳴春과雷以鳴夏와虫以鳴秋와風以鳴冬이是也라
然而萬物之聲이從靜中起ㅎ고向靜中消ㅎ니聲之體ㅣ微杳難見ㅎ
야只見有聲之物體ㅎ고不見聲之形體故로靜中起靜中消云耳라

皇甫冉

婕妤怨

花枝出建章
鳳管發昭陽
借問承恩者
雙蛾幾許長

秋怨

漢成帝의班婕妤ㅣ賢而無寵ㅎ야後人이多詠之ㅎ야譜入樂府○此ᄂ擬古樂府題而寫婕妤之怨也라昔에婕妤ㅣ靜處深宮ㅎ야不希恩寵ㅎ고見別宮如花之女ㅣ奉詔而入建章宮ㅎ고又聞昭陽殿內에己品鳳管鸞簫以宴之矣라試問承恩之美女雙蛾之眉黛ㅣ幾許之長則亦同吾一樣之蛾眉也니何有異哉아○冉은晚唐詩人이라

長信多秋色　昭陽借月華
那堪聞鳳吹　聞道選良家

此ᄂ宮怨이當秋而尤切故로謂之秋怨이라長信宮中은非秋之時에도凄凉慘淡이常有秋意온況又多秋色者乎아昭陽殿內ᄂ明月夜에鳳吹龍管이不絕ㅎ야使我로不堪聞而承恩之美女ᄂ聞道則乃是選於閭閻良家而已라婕妤ㅣ悲長信之秋色ㅎ고羨昭陽之月華而良家之美女ㅣ何足以稱傾國之色乎아

同（諸公子有懷）

舊國迷江樹　他鄉近海門
移家南渡久　童稚解方言

此는離故鄕寄他鄕者也라悵望舊國山川則江樹ㅣ依迷而觀此他鄕
風土則海門이偏近이라移家南渡ᄒᆞ야樓息于此ᄒᆞㅣ爲積歲之久ᄒᆞ야
童稚之能言者ㅣ習解此方之言ᄒᆞ니舊國之思ᄅᆯ不可忘也오他鄕之
愁ᄅᆯ容有己乎아生長之稚子ㅣ習於他方言而能解之ᄒᆞ니尤庸傷懷
者耳라

送 王翁信還剡中舊居

海岸耕殘雪　溪沙釣夕陽
家中何所有　春草漸看長

此는送別之詩也라王翁信이素以剡中人으로有志靑雲ᄒᆞ야卜居京
師러니携取琴書ᄒᆞ야還隱舊居ᄒᆞ야以耕雲釣月로以爲樂而海之岸
에尙有殘雪ᄒᆞ되未而耕之ᄒᆞ고溪之沙에己近夕陽에竿而釣之ᄒᆞ니
鄕居趣味得其眞境ᄒᆞ고問君家之中에有何所有乎아滿庭春草ㅣ日
日漸長ᄒᆞ야庶幾得庭草不除之意也耶아

和 王給事梨花詠

巧解迎人笑　偏能亂蝶飛
春風時入戶　幾片落朝衣

此는王給事ー有梨花詠而皇甫冉이和之以詩也라言梨花ー迎人則
巧笑之ㅎ야嬋妍之態와淡泊之氣ー令人愛賞不已오紛紛飛來之時
에宛若亂蝶之翩翩ㅎ야婆娑之狀과散亂之形이亦一奇觀이라試問
春風吹入於直中門戶ㅎ야幾個片이落於朝衣乎아一句는描盡梨花
之狀態ㅎ고一句는梨花ー隨春風而入戶ㅎ야花片이點點落於給事
之朝衣者ー爲幾何耶아

送
王司直　　皇甫冉

西塞雲山遠　　人心勝潮水
東風道路長　　相送過潯陽

荊州記에荊門虎牙는楚之西塞니司直이自吳入楚ㅎ야必經西塞也
라時值春則從東風中行而不覺道路之長也라潮ー至潯陽而回ㅎ고
不復過小孤山下라今送君之心이與君俱遠ㅎ니是는人心이勝於潮
水也라借潮水ㅎ야以形人心之勝ㅎ니有波瀾이라

採蓮曲
劉方平

落日清江裏　　採蓮從少慣
荊歌艷楚腰　　十五即乘潮

此는 採蓮을 詩以記之하니 卽曲也라 見淸江無風호딕 細波는 自興하
고 日落于西하야 返照紅斂하니 江湖暮景이 氣像萬千이라 此時에 荆
女之淸歌는 飄揚于遠天하니 可聽可愛오 楚姬之細腰는 婀娜于淸波
하니 含嬌含態라 惟彼之女ㅣ 自少로 慣習採蓮하야 年十五則乘船逐
潮를 能不畏而溯洄從之하니 此乃荆楚之風乎아

長信宮

夢裏君王近
宮中河漢高
秋風能再熱
團扇不辭勞

君王近은 此是夢中이라 河漢高는 此是醒時라 河漢高則秋深矣라 秋
風이 豈能再熱이리오 團扇을 斷然不勞하니 如能再熱이면 定不辭勞
나 然이나 必無是理也라 於絶望之中에 起妄冀之意하야 用不辭勞三
字하니 妙라

銅雀妓

朱放

恨唱歌聲咽
愁翻舞袖遲
西陵日欲暮
是妾斷腸時

此는吟銅雀妓也라此妓가昔時得寵에歌聲이和暢ᄒ고舞袖ㅣ飄拂
ᄒ야心平氣和矣러니今也엔欲歌則聲嗚咽ᄒ니此는恨在胸中故也
오欲舞則袖遲緩ᄒ니此는愁在眉宇故也라西陵에日欲暮ᄒ니妾之
心膓이豈不斷絶乎아追思前日而悲感者也라

題竹林寺

歲月人間促　殷勤竹林寺
煙霞此地多　更得幾回過

寺在廬山이라○言歲月이易度ᄒ고幽賞을難期라此地烟霞名盛之
區에人跡이罕到故로吾於此에慇懃眷念而不忍去ᄒ니自此之後로
能有幾回再到也오○朱放은襄州人이니爲曹王叅軍이라○中唐

春日歸家　李嘉祐

自覺勞鄉夢　無人見客心
空餘庭草色　日日伴愁襟

此는春日歸家而作也라客中에思家之切而成夢ᄒ야自覺其勞矣오
爲客之心을無人見之而庭畔之草色이空餘ᄒ야日日伴我之愁襟耳

라○言爲客之苦而歸家之喜ᄒ야可謂靑春作伴好還鄕也歟아

白鷺

江南綠水多
顧影逗輕波
終日秦雲裡
山高奈若何

此는見白鷺而作也라江南地形이低下ᄒ야江湖綠水가最多於此地故로鷗鷺之群이游泳其中而自顧其影於鏡水之面ᄒ고又逗遛於輕波之中이라終日秦雲之際에喬嶽高山이天半崔嵬ᄒ니如之何任意飛去耶아

春情

張起

畫閣餘寒在
新年舊燕歸
梅花猶帶雪
未得試春衣

此는寫春情也라此時에春尙早ᄒ야餘寒이猶在而燕子는能知新年ᄒ야又歸於畫閣之舊巢ᄒ고惟彼梅花는猶帶春色而欲開故로我尙畏春寒ᄒ야未得試着春衣耳라

即上元

山中即事

入谷多春興
乘舟掉碧濤
山雲昨夜雨
谿水曉來深

此ᄂᆞᆫ山中之即事也라入其谷則春色이可愛ᄒ야乘舟掉於碧水之濤ᄒ니谿水自曉以來로添水益深者ᄂᆞᆫ在山之雲이昨夜雨下故也ㅣ라雨來溪深ᄒ야乘舟便易而入谷之春興을有不可勝言者也라

漢宮曲　韓翃

繡幕珊瑚鉤
春關翡翠樓
深情不肯道
嬌倚鈿箜篌

此ᄂᆞᆫ韓翃ㅣ追述漢宮之詞也라宮內에樓閣이壯麗ᄒ고飾修之具ㅣ燦爛ᄒ야幕則以繡爲之ᄒ며所掛之鉤ᄂᆞᆫ以珊瑚爲之而春關에翡翠之樓ㅣ高聳ᄒ니宏麗繁華可玩이라居此宮之人이深情은不肯道ᄒ고含嬌之態로倚之ᄒ고以首飾之金鈿으로擊箜篌而爲曲耳라

秋夜　耿湋

高秋夜分後　寂寂重門掩
遠客鴈來時　無人問所思

此는秋夜有懷而作也라言序已高ᄒ고秋夜ㅣ已分ᄒ니遠客鴈來時
라重門을已掩而寂寂無人ᄒ야我之所思를無人問之ᄒ니孤寂之懷
ㅣ當何如耶아

塞下曲　盧綸

月黑鴈飛高　欲將輕騎逐
單于夜遁逃　大雪滿弓刀

此는北塞之征伐也라月色으로已黑而鴈飛ㅣ已高ᄒ니單于ㅣ乘夜遁逃
라輕騎로欲將逐之ᄒ나壯大之雪이滿於弓刀耳라勢不可以逐去ᄒ
야嗟歎而已라

拜新月　李端

開簾見新月　細語人不聞
便即下階拜　北風吹裙帶

心有所懷ᄒᆞ야 未開簾以前에ᄂᆞᆫ 早己脈脈不得語矣러니 忽開簾而見新月ᄒᆞ고 不免觸動情懷ᄒᆞ야 即便下階而拜ᄒᆞ니 思欲以情訴之로ᄃᆡ 月也라 細語人不聞者ᄂᆞᆫ 此拜月而訴衷情ᄒᆞ야 喝々然細語ᄒᆞ니 人豈得聞이리오 却亦不便聞之於人也라 北風이 吹裙帶者ᄂᆞᆫ 語既不聞ᄒᆞ고 但見北風吹動裙帶ᄒᆞ니 只此吹裙帶時에 又豈得令人見乎아 情致丁丁ᄒᆞ야 有子夜歌之遺聲이라

蕪城懷古

風吹地上樹　　城裡月明時
草沒城邊路　　精靈自來去

此蕪城은 故國之城堞이 頹傾ᄒᆞ니 應是國亡古都ㅣ라 李端이 登此蕪城則蕭蕭之風은 吹動城上之樹而如有訴ᄒᆞ고 離離之草ᄂᆞᆫ 埋沒城邊之路而如有愁라 古宮之花草ᄂᆞᆫ 埋幽徑ᄒᆞ고 前代之衣冠은 成古丘則城中月明之夜에 精靈飄揚ᄒᆞ야 自來去于此地ᄅᆞᆯ 亦可度思也歟아 此皆懷古之悲耳라

送人　第八下

獻策不得意　　暮年千里客
驅車東出秦　　落日萬家春

此ᄂ送別下第之人也라言此人이獻策於試圍而齟齬不得意ᄒ야車馬驅馳ᄒ야向東出秦則千里遠客이白首殘年에失意情狀이並是凄凉嗟咄이오行路之中에日己落矣而萬家之春色이亦助客子之懷抱ᄒ니何日得意於春風而看盡長安花耶아

鳴箏

鳴箏金粟柱
素手玉房前
欲得周郞顧
時時誤拂絃

箏爲秦聲이니秦女ㅣ習之라五絃筑身也니今形如瑟이라不知誰所改作ᄒ야或曰秦蒙恬이所造라ᄒ니라金粟柱와玉房은俱箏上所有라素手玉房前者ᄂ素手ㅣ在玉房之前也라周郞顧ᄂ周瑜一年이二十四에吳中이呼爲周郞ᄒ고精通音樂ᄒ야曲有誤ᄒ니時人이謠曰曲有誤면周郞顧라ᄒ니라誤拂絃은假意에拂絃吳ㅣ誤면必顧ᄒ야以冀周郞之顧ᄒ니蓋將以怨紅愁綠心膓으로寄與知音者耳라

司空曙

金陵懷古 古

輦路江楓暗
宮庭野草春
傷心庾開府
老作北朝臣

金

此는懷古而作也라 言昔時全盛之國이 水流雲空ᄒ야 今不可復見而 前王行輦之路에 江楓已暗ᄒ고 宮殿之庭에 野草自春ᄒ니 對此楓庭草ᄒ야 豈無感傷于心乎야 庾開府ㅣ傷國亡ᄒ야 作哀江南賦而爲周所拘ᄒ야 官至驃騎故로 曰傷心庾開府ㅣ老作北朝臣耳라 先言古國之遺跡ᄒ고 後言庾信之傷心也라

玩花與衛衆同醉

衰鬢千莖雪
他鄉一樹花
今朝與君醉
忘却在長沙

鬢髮이衰則千莖이如雪ᄒ니 老年客況不佳를可知라 一樹花ㅣ固妙ㅣ나 然이나在他鄉ᄒ야 亦難遣老年之寂寞이라 何幸今朝에得與好友同醉花下則非樂一樹花也오 樂與好友同醉耳라 忘却在長沙者는 此是不知何處是他鄉一意라 長沙는他鄉也니 今因與君醉酣暢而忘之矣라

別盧秦卿

知有前期在
難分此夜中
無將故人酒
不及石尤風

石尤風은打頭風也니能阻行人之將發○別友人而欲留不可得之詩
也라言與子爲別이明知有後會之期호디無奈此時此夜之情에何오
故人이有酒思留之而不可得호니反不如石尤之風이能阻行舟호야
使我二人으로不得遽別호니亦無可奈何之詩也라○司空曙ᄂᆞᆫ廣平
人이니官虞部郞中이라○中唐

憶番陽舊遊　顧況

悠悠南國思　楚客斷腸時
夜向江南泊　月明楓子落

顧況이憶番陽舊遊而作也라悠悠我南國之思ㅣ夜向江南ᄒᆞ야移舟
泊渚則月明之中에楓子ㅣ自落ᄒᆞ니此非楚客斷腸之時乎아此ᄂᆞᆫ追
憶舊遊而述其時之詞也라

答韋蘇州　丘丹

秋風桂花發　露滴梧葉鳴
中有學仙人　吹簫弄山月

此는丘丹이答韋蘇州之詩也라白露ㅣ滴于梧葉而葉自鳴ᄒᆞ고秋風이吹于桂花而花自發ᄒᆞ니此는梧葉之露와桂花之風이寫盡秋景也라其中에有學仙之人ᄒᆞ야吹玉籬而弄山間之明月則韋蘇州之超世離俗之淸致를於此에可見矣라

別離作　戎昱

手把杏花枝　黃昏掩門後
未曾經別離　寂寞心自知

此는別離而作也라言送別之時에手把杏花之枝ᄒᆞ고未曾經別離이라別後에日己黃昏故로掩其門則寂寞之情境을我心自知耳라一句는手把枝ᄒᆞ고未忍別離者也오一句는送人遠去ᄒᆞ고黃昏掩門ᄒᆞ니寂寞凄凉ᄒᆞ야我心自知而何以抑悵이며何以成眠乎아字字凄然ᄒᆞ야令人不覺涕로다

登樓〔鸛雀〕　暢當

迥臨飛鳥上　天勢圍平野
高出世人間　河流入斷山

此는登樓眺遠之作也라樓上에俯瞰則逈臨飛鳥之上ᄒᆞ고高出世人
之間ᄒᆞ니此는言樓之高也오遠望則天勢一圍低于平野之中ᄒᆞ고河
流는入于斷山之間ᄒᆞ니此는言樓之遠也라○鸛雀樓之吟이最多而
各盡其妙ᄒᆞ니白日依山盡ᄒᆞ고黃河入海流者ㅣ是也라

長安道　儲光羲

鳴鞭過酒肆
祛服遊倡門
百萬一時盡
含情無片言

長安遊俠子ㅣ生長當貴ᄒᆞ야縱酒好色타가及其揮霍已盡ᄒᆞ야行過
酒家에裝個人樣ᄒᆞ고惟鳴鞭策馬ᄒᆞ고使之速過而已라昔日에游倡
妓之門흘서必盛服飾ᄒᆞ며結束駢麗이러니今因身上不好看ᄒᆞ야將
外服ᄒᆞ야一併祛却以自掩飾ᄒᆞ니是敗子下場頭也라當時에百萬之
資ㅣ因縱酒賭博ᄒᆞ야一時罄盡ᄒᆞ니今日에雖含忍此情ᄒᆞ야強自遮
掩ᄒᆞ고不出片言이나然이나鳴鞭祛服之態ㅣ畢竟難堪者이니可歎
也로다

江南曲

楓林已愁暮
楚水復堪悲
別後冷山月
清猿無斷時

楓林은似楊이니霜後葉丹可愛라愁暮는送別時也라別時에從楚水
而去故로堪悲오復字與已字應이라別後冷山月者는言別後之情호
니人旣去故로山月이亦爲淸冷이라而況猿聲이哀怨於月下호니離
索之情을何以堪抑乎아

宮槐陌　襄廸

門前宮槐陌　是向欹湖道　落葉無人掃　秋來風雨多

宮中에多植槐故로曰宮槐오古者에樹靑槐호야以表道ㅣ라東西曰
陌이니言此陌은是通欹湖之道也라徑無人行호고落葉滿地호니今
特緩其詞曰非行欹湖者ㅣ無人이라特以風雨多而落葉이亦多호야
無人掃除耳라託言風雨호야以比荒凉也라

臨湖亭

孤月正徘徊　當軒彌滉漾　谷口猿聲發　風傳入戶來

滉漾은言湖水之彌漫也라亭旣臨湖故로水勢當軒이라水光이映月

ᄒ야臨湖玩之ᄒ니徘徊其間而不能去ᄒ니絕好淸景이로다月明之
下에淸猿이啼于谷中ᄒ야時從風前ᄒ야傳響入戶ᄒ니聞之에更爲
凄切矣라

錢起

江行無題

咫尺愁風雨　　秖疑雲霧窟
匡廬不可登　　猶有六朝僧

咫尺은言匡廬之近ᄒ니然이나雖近而愁風雨ᅵ能阻人登陟也라愁
字ᅵ一直貫此句不可登者ᄒ니因風雨而然ᄒ야所以愁風雨也라四望
此山이因杳杳在雲霧之中ᄒ니疑其窟穴이幽奇ᄒ야人跡이罕到ᄒ
야當必有絕塵之人이不見兵火之厄者라六朝僧은如惠遠輩幽棲于
此ᄒ니今疑其猶有也라盖經世亂而起方外之慕也라

張仲素

春閨

裊裊城邊柳　　青青陌上桑
提籠忘採葉　　昨夜夢漁陽

裊裊는弱貌ㅣ라見柳絲ㅣ裊裊而傷春ᄒ야動懷遠之思也ㅣ라探桑女ㅣ由城邊而至陌上則見其桑葉이靑靑矣라手中提籠이本多探葉이어늘却爲裊柳靑桑의眼前一派春意가觸動情懷ᄒ야却想到夜來之夢ᄒ야于是에遂忘却提籠이爲何事也ㅣ라漁陽은屬幽州ᄒ니夫所征伏之地也ㅣ라此句는乃結出忘探葉之故ᄒ야爲昨夜夢想出神耳라

劉禹錫

飲　酒看牧丹

今日花前飲　但愁花有語
甘心醉數杯　不爲老人開

今日二字內에寓感이無限ᄒ니蓋夢得曾詠桃花詩而致再貶ᄒ야還謫數年에今日已老ᄒ니老則已爲人世所棄ᄒ야無聊之際에飲此名花之前ᄒ니此花ㅣ固所稱花王者ㅣ니對之醉飲이良不易得ᄒ야我便甘心於一醉오斷不怕牧丹笑人也라但愁花如會說話면必嫌我老人而不爲汝開則是我ㅣ對他飲酒에豈不自媿리오然이나我豈知花리오恐未必如解語桃花ㅣ能笑人也니我何妨一醉리오

秋風引

何處秋風至　朝來入庭樹
蕭蕭送雁羣　孤客最先聞

秋風이自遠而來故로乍聽之而疑其何處ㅣ라聽之雁群之南去而風蕭
々送之則知其爲北風矣ㅣ니此即風所從來處也라秋凉氣發에庭樹
銷落이라朝來에群動이未起ᄒ야猶易驚人聽聞이라孤客之心이易
傷搖落故로最先聞之而有感也라

閨怨詞

珠箔籠寒月
紗窓背曉燈

從夜間將睡時ᄒ야思之라가見寒窓月光이射入簾內ᄒ니已覺凄凉
이라又從曉來已醒時ᄒ야思之라가見窓前에背着殘燈ᄒ야半明不
滅ᄒ니都是愁人情況이라從將睡ᄒ야以至初曉ㅣ竟是一夜愁煩故

夜來巾上淚
一半是春氷

로直接夜來巾上ᄒ니總皆是新舊淚痕也라一半是舊啼痕이니其淚
ㅣ已冷ᄒ야已成春氷ᄒ고那一半新下之淚則溫溫ᄒ야尙未成氷也
니此眞怨辭也라○見月而愁ᄒ야潛然淚下ᄒ고見燈而悲ᄒ야忽然
淚下ᄒ니此是怨之深也라

又

關山征戍遠
閨閣別離難
苦戰應憔悴
寒衣不要寬

今良人이遠去關山ᄒ야無非爲著征伐이라苦婦女ㅣ獨居閨閤ᄒ니
夫豈容易別離오閨中情事二語已足이라於是에想到良人之苦戰
沙場ᄒ야定然形容憔悴ᄒ리니較之閨閤凄凉ᄒ면自應加倍라良人
이憔悴ᄒ야形體消瘦ᄒ리니若照舊時模樣ᄒ면寄去寒衣定是寬了
ᄒ야寬了便穿不得ᄒ리니於是에自忖度ᄒ야將口問心ᄒ야祇令人
으로裁着寒衣를不要照舊衣ᄒ야以致寬了라ᄒ니其中에有無限情
膓이라

寄西峯僧

張籍

松暗水涓涓　西峯月猶在
夜凉人未眠　遙憶草堂前

松間之月이已經明過ᄒ야今月將落則松暗矣라但聞水聲이涓涓流
于暗處ᄒ니此時에正當夜凉ᄒ야人欲睡而未睡ᄒ고未睡ᄒ야因望
西峰高處에月光이猶在ᄒ니盖月之從下而照上者라見西峰月ᄒ고
便想西峰下有草堂而草堂中有僧ᄒ니却不知草堂前에更有明月ᄒ
야我雖遙憶이나而不知此時에此僧이能領略此草堂前境界否也라

元稹

故行宮

故行宮　寥落故行宮　宮花寂寞紅　白頭宮女在　閑坐說玄宗

故行宮上에加寥落二字ㅣ分外凄涼이라宮無人焉則花光이寂寞야自落殘紅矣라此行宮中에誰人이對此宮花乎아只有白頭宮女耳라連用三宮字ㅎ니悽然欲絕이라玄宗舊事를眞不堪說이오白頭宮人이可憐이라一世眼見이心痛不覺ㅎ야於對花間坐時에說之ㅎ니解此寥寂而故宮中을不堪回首矣라○言宮殿이頹傾ㅎ야滿目荒涼而寂寞之花는空自開落ㅎ니不堪凄愴ㅎ고惟有白髮宮女ㅣ尙餘在ㅎ야閑說玄宗事ㅎ니並是懷古를宛若目見耳라

蓋嘉運

伊州歌

打起黃鶯兒　莫教枝上啼　啼時驚妾夢　不得到遼西

閨人이以良人遠成로欲見不能ㅎ야除非在夢中尋覓이오又恐夢不從故로于將睡之際에想起驚夢之黃鶯而預爲囑咐侍兒ㅎ야使打

從軍行　令狐楚

朔風千里驚　縱有還家夢
漢月五更明　猶有出塞聲

起驚兒ᄒ야庶幾成我好夢也라此乃言打起莫敎啼之故ᄒ니盖因驚
啼ㅣ必然要驚姜夢이니夢之驚斷이면遼西에便到不得ᄒ야連夢見
良人也不能矣라寫閨情至此ᄒ니眞使柔腸欲斷이라

守成者ㅣ聽西北風聲이千里蕭然ᄒ고時作一驚ᄒ니此時에已
愁腸矣라月從東來而照塞外故로曰漢月이라五更月落ᄒ고刀斗不
驚ᄒ야凄淸欲絶之際에此時低頭思故鄕矣라還家不能而想作夢이
縱使有之나不知夢得到家否아只恐夢亦難成也라五更將曉에猶聞
主將이傳令出塞ᄒ니此時에聞聲恐懼ᄒ야身不得寧이어든又何暇
得爲還家之夢乎아極道從軍之苦ㅣ如是라

三月晦日送客　崔魯

野酌亂無巡　送君兼送春
明年春色至　莫作未歸人

野地酌酒ᄒᆞ야自無巡數故로曰亂이라以晦日取巧而送君爲主ᅵ라
因送春而轉到明年春色之至라因送君而預屬其明春之歸라

秋日湖上　薛瑩

落日五湖遊
烟波處處愁
浮沉千古事
誰與問東流

落日時에當生暮愁矣라晚烟籠水ᄒᆞ야浩渺無涯ᄒᆞ야處處生愁ᄒᆞ니
終古如是라浮沉之事ᄂᆞᆫ變幻不測ᄒᆞ고浮沉之水ᄂᆞᆫ東流如故ᄒᆞ니誰
能問而知之耶아

歸家　杜牧之

稚子牽衣問
歸家何太遲
共誰爭歲月
贏得鬢如絲

歸家時에有說不出來之苦故로托一稚子ᄒᆞ야爲問이라稚子ᅵ與下
鬢如絲로作反映ᄒᆞ고且稚子ᅵ從未出門ᄒᆞ야不知大人出門之苦者
ᅵ니以下問辭ᅵ라何太遲者ᄂᆞᆫ此必稚子問者ᅵ니且稚子目中에已

答人　太上隱者

偶來松樹下　高枕石頭眠
山中無曆日　寒盡不知年

隱者ᅵ居終南ᄒᆞ야自稱太上隱者ᅵ니不知姓氏壽年이라人이見而問焉이라問故로答以詩ᄒᆞ니言我ᅵ偶來至此ᄒᆞ야枕石而眠ᄒᆞ고眠覺而仍歸山ᄒᆞ니山中에無有歲曆ᄒᆞ야不知年月時節ᄒᆞ고但見暑往寒來ᄒᆞ야不憶其爲何年何月也ᅵ라ᄒᆞ니其高致如此로다

看白髮ᄒᆞ고便詰其所以歸遲之故矣ᅵ라稚子ᅵ見歸家에無別物ᄒᆞ고只有鬢邊에多了白絲ᄒᆞ니是從歲月爭得來者ᅵ라據出門人看來ᄒᆞ면反輸與少歲月者ᅵ多矣라

效崔國輔體三首　韓偓

澹月照中庭　海棠花自落
獨立俯閒階　風動鞦韆索

月色이澹然은無人之故也오照中庭은寂寥庭院而己라花無人賞ᄒᆞ

야由他自落而已라月明花落之際에獨自悄然立於庭前호야低頭而
看閒階之上호니鞦韆架影兩條ㅣ在月中호야因風搖動이라因看鞦
韆架影故로三句에用俯字라

其二

雨後碧苔院　閒階上斜日
霜來紅葉樓　鸚鵡伴人愁

院無人行故로苔能成其碧而雨後則其碧色이尤著호니此一悄然愁
處也라以霜來故로落紅호니此는一片秋光也라因下有斜日二字故
로樓頭에於斜陽中에見此紅葉호니又是悄然愁境이라此時에天色
이晚晴호고日斜于閒階之上호야碧者苔而紅者葉이니滿眼俱是秋
光이라院裏樓頭에無人作伴호고只有架上一箇鸚鵡호야未必便解
人愁ㅣ나即已無人矣라即能言鸚鵡ㅣ未必不可以伴人愁也니無聊
甚矣라〇爾滋苔而愈碧호고霜染葉而自紅호니斜日照之에秋色이
可觀而寂寥樓院에閴無作伴之人호고架上에鶯鵡ㅣ未解人愁然이
나無聊之中에亦可以伴人愁也라

羅幕生春寒　繡窓愁未眠　南湖夜來雨　應濕采蓮船

此亦寫獨處無聊之情ᄒᆞ니羅幕中에忽然生寒ᄒᆞ야只爲愁寂時에未睡先愁耳라因怕春寒故로坐在繡窓之時에却未便眠이如愁之故ㅣ라愁腸이掛肚ᄒᆞ야情思ㅣ橫飛ᄒᆞ야乃無端而念及南湖夜來之雨ᄒᆞ야彼采蓮船이必然被雨打濕ᄒᆞ야不得泛舟盪漿ᄒᆞ야以散此春愁矣니奈何오此時에身在深閨ᄒᆞ야尚然清冷커든又何眼顧及湖船이리오所謂情魔似海ᄒᆞ고心是虛舟耳라

劉禹錫

池畔

結構池西廊　疏理池東樹　此意人不知　欲爲待月處

此詩雖以池로爲主ㅣ나然이나立意ㅣ全在待月處三字ᄒᆞ니池上須結構西廊ᄒᆞ니構廊在西ᄂᆞᆫ利於迎月也라池東無樹면月出不佳ᄒᆞ고若太繁密이면月光이爲樹所掩矣라故로須於結構西廊之時에卽去疏理池

東之樹ᄒᆞ니 芟其繁枝ᄒᆞ야 使得疏通而清理也라 廊在池西ᄒᆞ고 樹在
池東ᄒᆞ야 爲廊疏樹ᄒᆞ니 其意安在오 若非旁人說詩면 先將月光透露
ᄒᆞ리니 此意ᄂᆞᆫ 直有何人知道오 待月處者ᄂᆞᆫ 盖結構西廊也ㅣ 是爲月
이오 疎理樹木也ㅣ 是爲月則是池西廊之必在西者ᄂᆞᆫ 欲爲待月處ㅣ
오 疎理樹之必在東者ᄂᆞᆫ 恐掩其西廊待月處ㅣ오 又喜林泉掩映ᄒᆞ니
總爲待月處ㅣ라 四句詩ㅣ雙起單收ᄒᆞ야 作簡結穴好手法이로다

増訂
註解 七言唐音 全

○采蓮曲　賀知章

稽山罷霧鬱嵯峨

鏡水無風也自波

莫言春度芳菲盡

別有中流采芰荷

采蓮曲之見於絶句及律詩와長篇者ㅣ不爲不多而詞各不同ᄒᆞ니此ᄂᆞᆫ言峨嵯之
稽山이出於半天ᄒᆞ니高大之象을可觀이오下有鏡水ᄒᆞ야無風而自波ᄒᆞ니浩蕩
平穩之勢ㅣ亦可玩이라乃言三春紅綠之景이今已盡謝ᄒᆞ고炎夏之節이方將屆
出ᄒᆞ니莫言芳菲盡也ᄒᆞ라芰荷滿於綠水則其采之事ㅣ別作淸致耳라○先言
山水之勝ᄒᆞ고後言采蓮之事ᄒᆞ니吳姬越女ㅣ相與語曰春色之盡을何足道哉아
見今江湖之上에蓮花ㅣ盛開則牽花憐共蒂ᄒᆞ고折藕愛蓮絲면豈非可樂者耶아

○回鄉偶書

少小離鄉老大回

鄉音無改鬢毛衰

兒童相見不相識

笑問客從何處來

此는爲客之久而老境始回也라○離鄕之鄕字는或作家ㅎ니音無改鬢毛衰者
는音雖猶昔이나貌已非昔也라二句ㅣ轉合分拆不開ㅎ니吳筠이有春從何處之
句ㅎ니語意本此ㅣ라兒童이見而不識ㅎ니只爲見鬢毛摧敗ㅎ야老儼不堪ㅎ야
己非昔日之人矣라

○簇拍陸州　蓋嘉運

西去輪臺萬里餘
故鄕音耗日應踈
隴山鸚鵡能言語
爲報閨人數寄書

此는遠戍之人也라西去輪臺則爲萬里之遠ㅎ고萬里之遠故로故鄕之書信이日
應踈至矣리니思家之懷緒는望東天而倍切ㅎ고爲客之苦는滯異域而自歎이라
然而身係王事ㅎ야不可以遄歸則惟願家書之頻到ㅎ야乃托于隴山鸚鵡曰爾能
言語ㅎ니飛去吾家ㅎ야爲報閨人ㅎ야數々寄書ㅎ야以慰我悵鬱之懷也라ㅎ라
○山川絕遠ㅎ고書札罕到故托於能言之鳥ㅎ야使之報閨ㅣ나然이나此鳥ㅣ豈
有是也리오此皆出於悲歎切迫之情而有此言也로다

○送元二使安西　王維

渭城朝雨浥輕塵
客舍青青柳色新
勸君更進一盃酒
西出陽關無故人

渭城은在咸陽東北ᄒᆞ니故杜郵也라在渭城送行ᄒᆞ야先寫其地ᄒᆞ고朝雨晝晴ᄒᆞ야雨後則塵沙淨浥而地復滋潤ᄒᆞ야便於行路也라一宿을謂之舍ㅣ라柳色이青新ᄒᆞ야正當春日ᄒᆞ니行興이甚佳ㅣ라上二句는言景物之可人則元二ㅣ便急要去ㅣ나然이라故人送別에情在勸杯ᄒᆞ니若多盡得一杯면尚有一刻之相叙故로於酒極酩酊之後而勸其更盡一杯ᄒᆞ야以酩酊故로須勸ᄒᆞ니不然이면元二寧必待勸哉아第四句는此正勸之之意也라陽關外에如有故人이면君可不盡此一杯어니와如無故人在則此故人之一杯酒를安可以不盡이리오情盡語切ᄒᆞ야所以遂成千古絶調ㅣ라

○送別

送君南浦涙如絲
君向東周使我悲
為報故人憔悴盡
如今不似洛陽時

送君南浦는用楚辭及江淹別賦語호고豫章記載에南浦亭이在廣潤門外호야往
來艤舟之所ㅣ니唐己有之라此言友之所向而承明涙如絲之故也라託言傳語以
報也라故人凋謝ㅣ此亦足悲者ㅣ라四句는言自傷憔悴호야不似洛陽全盛之時
호야既衰老而思歸호고又含悲而送別호니眞有不禁揮涙者ㅣ라漢書地理志에
河南郡과故秦三川郡이오漢高祖ㅣ更名雒陽이라

○九日憶山東兄弟

獨在異鄉爲異客
每逢佳節倍思親
遙知兄弟登高處
偏插茱萸少一人

此以作客으로說起獨字호니便見得離却父母兄弟矣라每逢佳節은見不止九日
也라非逢佳節이라도亦嘗思親호니至佳節호야更添一倍라欲說思兄弟호야先
說思親호니父母ㅣ更切於兄弟也라身在異鄉故로曰遙知라因客中九日而想兄
弟登高之處호고且因兄弟登高而轉憶兄弟之念我也ㅣ라四句는寫兄弟念己也ㅣ라
九日에必挿茱萸호야當年在家호야與兄弟로一同登高호야茱萸ㅣ原有箇數호
니今日에我在異鄉호야却多出一枝茱萸호야方知一箇人이不在家
也리라我倍思親호고兄弟亦倍思我而我ㅣ安得不思兄弟哉아○第一句는獨在

他鄉ᄒ야 客愁悽涼之謂也오 第二句ᄂ 每逢佳節ᄒ야 倍思父母之謂也오 第三句ᄂ 今日에 吾兄弟登高ᄒᆞᆯ 遠在想像之謂也오 第四句ᄂ 吾之兄弟揷茱萸時에 必念我之謂也라

○寒食氾上作

廣武城邊逢暮春　　落花寂寂啼山鳥
汝陽歸客淚霑巾　　楊柳靑靑渡水人

此ᄂ寒食途中作也라 暮春者ᄂ三月也니 寒食이 在於此時라 自廣武로 歸汝陽ᄒᆞᆯ시 當此佳節ᄒ야 思家悲感에 不覺雙淚之霑巾이라 春色이 已暮ᄒ야 萬樹之花ᄂ 飛去東風而寂寂ᄒ고 百鳥之啼聲은 助客愁懷而楊柳之葉은 經過細雨而靑靑ᄒ니 渡水之人이 非汝陽歸客耶아 ○花落鳥啼ᄒ고 柳靑人渡ㅣ 豈非客淚之霑巾乎아 讀其詩에 令人凄切而幾千載之下에 宛若見乎今日也로다

○戲題磐石

可憐磐石臨泉水　　若道春風不解意
復有垂楊拂酒杯　　何因吹送落花來

磐石은大石也라可憐은可愛也오石畔에復有垂楊호야

更可愛也라坐石臨水호야酌酒舉杯而垂楊이亦似解意라只

此垂楊拂盃ㅣ亦是春風使之則春色이似解人意矣라今乃開一筆호야作反跌法

호고若道者는若說道也니緊呼下意라何因者는何所因也니落花與垂楊이一齊吹

因而吹리오春風이不解人意면磐石上舉杯時에何因復有落花ㅣ無風이면何

送이리오以吹花로顯出垂楊호고以拂杯로顯出臨水호고以春風解意로顯出磐

石可憐호야各盡妙境而總以可憐二字冠之호니라○磐石臨泉과垂楊拂杯와落

花吹送이都是絕勝奇妙也로다

○送李侍郎赴常州　賈幼隣

雪晴雲散北風寒　　今日送君須盡醉

楚水吳山道路難　　明朝相憶路漫漫

首言天時風雪之冷호고次言山川道里之遙ㅣ라今日在此호야聚歡이無多호니

遇酒寄情호야須當盡醉호라到明朝別後相憶호면道阻且長호리니要如今日之

與故人으로把盞歡聚를不可得矣라思之及此는正所以勸其盡醉於今日也

○明妃詞　　儲光羲

日暮驚沙亂雪飛
傍人相勸易羅衣
強來前殿看歌舞
共待單于夜獵歸

明妃는王昭君也라昭君이故國之懷ㅣ彌中ᄒ야目之所見과耳之所聽이無非傷心處也라驚沙에日已昏暮ᄒ고白雪이亂飛ᄒ야天氣寒冷故로在傍之人이相勸以易羅衣而改着溫厚之衣라強意來於前殿ᄒ야無心看淸歌妙舞ᄒ다가共待單于ᄒ야夜獵而歸이라○此는昭君이在於胡國而隨單于而遊嬉者也라

○又

胡王知妾不勝悲
樂府皆傳漢國辭
朝來馬上箜篌引
稍似宮中閑夜時

此는明妃自言之詞也라言身雖在胡地나不忘漢國ᄒ야形容悴憔ᄒ야不勝悲傷故로胡王이知其情境ᄒ야欲慰妾心ᄒ야音律樂器를皆傳來于漢國樂府ᄒ야箜篌亦漢之聲音故로朝來馬上에引以箜篌ᄒ니忽然聽之에悅若宮中閑夜時에音

樂之聲也러라

○同金壇令武平一遊湖

朝來仙閣聽絲歌　池邊命酒憐風月
暝入花亭見綺羅　浦口還船惜芰荷

此는儲光羲與武平一로同遊湖也라言仙閣及花亭이在於湖上而朝日則登仙閣
호야聽管絃絲竹之歌호고暮日則入花亭호야見綺羅衣裳之女ㅣ라坐於池邊호
야命酒而酬酢호야淸風明月을憐而愛之호고遊於浦口호야還船而徘徊라가芰
荷花葉을恐傷而惜之라○二句는朝聽絲歌호며暝見綺羅는遊遨之事也오池邊
風月과浦口芰荷는船遊之樂也니此下二句之意也라四句一趣味가各異不同而
朝之絲歌와暮之綺羅와風月之酒와芰荷之船이無非意味深長호고風流佚蕩者
也로다

○又

花潭竹嶼傍幽蹊　菱荷覆水船難進
畫檝浮空入夜溪　歌舞留人月易低

將去遊湖하야先來花竹蒙茸之地하니正與幽蹊로相傍이라嶼는山有石하야在水中者ㅣ라幽蹊는山徑也라入夜溪者는此便入湖矣라畫船之檣이浮空中하니湖水ㅣ空闊也오入夜溪는伏下月易低之根이라菱荷覆水者는此賦湖中景이라菱은菱也오荷는芙蕖也니覆水船難進은見菱荷之多也라歌舞留人은此賦座中情이니歌舞ㅣ旣妙하야人爲所留하야主客交歡이遂不覺月之西墮也라○第一句는言有花之潭과有竹之嶼ㅣ傍有幽邃之蹊하니此는乘船初入也오二句는畫檣이浮於湖上이苦空中而入方夜之溪하니此는已入湖也오三句는進船水路에菱荷ㅣ覆鋪하야難以拖行之也오四句는方以歌舞로咸與歡樂而曉月之向西而低를不能覺知者也라

○寄孫山人

新林二月孤舟還　水滿清江花滿山
借問故園隱君子　時時來去佳人間

一片孤舟ㅣ放乎中流之時에時當二月하야春水ㅣ滿於淸江之上하고春花ㅣ滿於靑山之中하야春景可愛라借問호되故園隱居之君子ㅣ時來時去ㅣ惟佳人間耳라二句는言舟中之春景也오二句는言君子之去就也라

○涼州詞　王之奐

黃河遠上白雲間　一片孤城萬仞山
羌笛何須怨楊柳　春光不到玉門關

黃河ᄂᆞᆫ源出崑崙ᄒᆞ야東流於邊外之地故로從西望之ᄒᆞ면其渺遠無際ᄒᆞ야如掛在
白雲間者ᄒᆞ니亦以見邊地之空濶이所見이惟黃河而已라城之孤曰一片이니見
其小也라山既高削ᄒᆞ야林木이必然稀少ᅵ라上句黃字ᅵ與白字ᅵ應ᄒᆞ고下句一
字ᅵ與萬字ᅵ應ᄒᆞ니是各爲自對라笛在羌故로云羌笛이니絕域而聞笛聲之哀면
必然有離別之感而怨此楊柳ᄒᆞ니蓋因笛曲이有折柳而人之將別에必折柳故로
怨楊柳라今若爲呼羌笛而勸之ᄒᆞ면何須怨楊柳ᅵ오玉關外에柳不任受怨也라何以
玉關外之楊柳不受人怨고蓋楊柳須得春風吹蕩而生이어늘今에春風이不過玉
門則玉門關外에安得有任怨之柳리오玉關外之寒苦ᅵ如此ᅵ라四句春光不到
四字ᅵ以春風不度四字로改定이有之耳라

○閨怨　王少伯

閨中少婦不曾愁　忽見陌頭楊柳色
春日凝粧上翠樓　悔教夫婿覓封侯

此ᄂᆞᆫ征婦之詞也라閨中少婦四字ㅣ爲一詩之主ᄒᆞ니少婦而曰婦ㅣ라ᄒᆞ니知其已

有丈夫ㅣ오婦而曰少ᄒᆞ니所以離愁尙淺이라少婦年輕ᄒᆞ야不知愁之爲苦ᄒᆞ고

且未有觸物也라凝粧者ᄂᆞᆫ塗黃粉於額際ᄒᆞ니乃是裝作女兒模樣이라少婦ㅣ不

出閨門이러니今當春日而爲此凝粧則是自己早省着ᄒᆞ니非閨女矣라少婦ㅣ將

有所眺望也라必凝粧然後에上翠樓ᄂᆞᆫ正是他不知愁處ㅣ라見은從樓頭望見也

라忽見者ᄂᆞᆫ驟然觸目ᄒᆞ야不覺驚心이라把少婦ㅣ沈悶情懷ᄒᆞ야都被柳色句動

ᄒᆞ니然則不見柳色이면不知春在何處也라夫婿從軍은爲覓取封侯計也라向日

에己敎之去矣러니今見陌頭春色ᄒᆞ고感夫婿之一去無音ᄒᆞ니早知去而不來면

何以當初莫敎他去오故悔라

○西宮春怨

西宮夜靜百花香　　斜抱雲和深見月

欲捲珠簾春恨長　　朦朧樹色隱昭陽

樂府題니爲班婕妤之詞也라西宮은太后ㅣ居之라時에班婕妤ㅣ失寵ᄒᆞ고供奉

太后故로亦居西宮이라君王이不來故로夜靜ᄒᆞ고惟靜故로聞簾外百花之香而

擾動人心也라欲捲珠簾者ᄂᆞᆫ爲花香月色所動故로欲捲簾이나然이나欲捲者ᄂᆞᆫ

尙心動而未捲也라春恨長者는以春恨方長故로無力去捲簾也라고

乃去抱雲和之瑟호야抱而不彈故로斜抱而深見簾外之月호니無非是愁境也라

以月在簾外故로曰深見이라昭陽宮은趙昭儀得寵者에所居也라今從簾外望月

호니似有朦朧樹色이隱着昭陽호니只因心中에想着昭陽而怨恨故로所見이無

非昭陽也라

○長信秋詞

奉箒平明金殿開　　玉顏不及寒鴉色

且將團扇暫徘徊　　猶帶昭陽日影來

奉箒는以灑掃長信宮也라金殿開者는晨起灑掃而殿門始開라因思已之在長信

宮奉養者ㅣ豈非以被棄之故ㅣ리오與此團扇으로經秋而棄捐者ㅣ何異리오故

於無聊之際에且將此扇호고拈弄片時而不覺百憂俱集也라此時에班姬自顧玉

顏호고自爲憐惜而歎以爲不及寒鴉之色者는其意全在下句也라昭陽日影은君

王之恩光也니彼寒鴉는猶得近恩光而增色而我且不如호니非敢怨寒鴉也라只

怨我之顏色이曾不及寒鴉之萬一也라호니怨而不怒는詩人溫厚之旨也라

○春宮曲　此與長門怨同

昨夜風開露井桃　平陽歌舞新承寵
未央前殿月輪高　簾外春寒賜錦袍

昨夜二字는冒一章ᄒᆞ니乃追溯之詞也라桃生露井上ᄒᆞ야得春風之披拂ᄒᆞ야
開ᄒᆞ야以興宮人之承恩寵者ㅣ라桃開則夜暖ᄒᆞ고月高則夜深ᄒᆞ니春宮夜宴而
被澤者ㅣ何人哉오蕭何ㅣ治未央宮ᄒᆞ야立東闕北闕ᄒᆞ야前殿은武庫大倉이니
周廻二十八里라漢武帝幸平陽主家ᄒᆞ야悅善歌舞者李延年女弟ᄒᆞ야召見之ᄒᆞ
니實妙麗善舞ㅣ라得幸ᄒᆞ니即李夫人也라恩寵이已極ᄒᆞ야即夜宴未寒而
以爲簾外春寒이라ᄒᆞ야遂以錦袍賜之라夫歌舞者ㅣ乃安知簾外之春寒乎아不
寒而寒ᄒᆞ야賜非所賜ᄒᆞ니失寵者ㅣ思得寵者之榮而愈加愁恨故로有此詞也라

○青樓怨

香幃風動花入樓　腸斷關山不解說
高調鳴箏緩夜愁　依依殘月下簾鉤

此는征婦怨詞也라見香幃風動而飛花入樓호니忽添思夫之愁恨호야於是에高
調鳴箏호야以爲緩寬夜愁之計矣러니征客關山에腸曲이幾斷而猶不解說호야
依依之殘月色이却下珠簾之鉤호니夜已深을可知오對此殘月에愁不可緩而成
眠未得호야夢亦不成호니其怨恨悲懷를何可言也哉아

○采蓮曲　王昌齡

荷葉羅裙一色裁
芙蓉向臉兩邊開
亂入池中看不見
聞歌始覺有人來

荷葉羅裙이綠色相暎如一이라芙蓉은亦蓮花之別名이라花光臉色이相映俱紅
而采蓮女ㅣ由花中行故로兩邊開라看不見者는因采蓮之貌ㅣ與花無異호야女
貌花容이從此相亂故로不相見也라聞歌而覺有人은所以足看不見三字之意호
야以爲合也

○出塞行

白花原頭望京師
黃河水流無盡期
窮秋曠野行人絕
馬首東來知是誰

此는出塞外호야望故國之詞也라登白花原頭호야望見京師則山川이繞紆호고
雲霾掩翳호야雖不可見이나然이나京國之思ㅣ結于心中호야但其登原而望之
而已라見黃河之水ㅣ滾滾流去호야不有盡之期호니我之愁緖ㅣ與彼水로何異
哉아秋已深而曠漠之野에行人이阻絕호야滿目蕭條호야不可堪異域之孤苦而
一四馬首가自東而來호니不知其誰아在塞外호야登白花而望京호고見黃河
而自歎호야黃沙白草는蕭瑟於秋風호고無邊之沙漠에不見行人而忽見馬首之
東來호고未知誰ㅣ나然이나寂寞中에庶有心喜之端耳라

○別李浦之京

故園今在灞陵西　　小弟鄰莊尚漁獵

江畔逢君醉不迷　　一封書寄數行啼

此는送別而作也라故園이在於灞陵之西而江畔에與君相逢而把酒相勸호야醉
不至於迷라小弟鄰莊에今寄一封書호고不禁數行之淚耳라○第一
句는言故園之所在也오二句는言逢君而醉不迷也오三句는言弟之隣莊에漁獵
爲事也오四句는言寄書而下淚也니並是凄凉句語也로다

○寄穆侍御出幽州

一從恩譴渡瀟湘
塞北江南萬里長
莫道薊門書信少
鴈飛猶得到衡陽

此는寄於穆侍御之詩也라一被君王之譴責호고南渡瀟湘而謫居則塞之北과江之南이中間道路ㅣ爲萬里之長遠則曰思故園之懷ㅣ豈可量乎아薊門書信이莫云少至호라此鴈之飛ㅣ猶得到衡陽耳라一句는言謫居之事也오二句는言道路之遠也오三句는言書信少를莫說也오四句는言鴻鴈之飛到于衡陽호니必有尺書之寄也라

○重別李評事　王昌齡

莫道秋江離別難
舟船明日是長安
吳姬緩舞留君醉
隨意靑楓白露寒

別時에留戀難捨호야以至於重別호니正視別離不易라今乃反其詞曰莫道難이라호니用逆振法호야以取下文之勢耳라不別則已어니와今日別이면明日長安

矣라正見離別之不難也라然이나豈知難爲情者ㅣ正在未別之前乎아舟船二字는連用魏碣石篇云舟船行難이라君旣別에長安을即日可到ㅣ니然則君又何須急行코吾意는在留君一醉하야以盡今日之歡이오又恐君去心急促하야於是에藉吳姬緩舞之力하야以留之하니君心은越急하고吳姬는越緩하야庶幾可以冀君一醉耳니依戀之情이不甚深乎아醉後忘情하야隨意所適하니雖以秋楓之將落과夜露之相侵而不覺其寒氣迎人則歡之甚矣라

○李倉曹宅夜飮

霜天留飲故情歡
銀燭金爐夜不寒
欲問吳江別來意
青山明月夢中看

此言倉曹故情之厚ㅣ故留飮於寒夜也라夜不寒者는言倉曹器用之美하니因歡하야雖霜天而不覺其寒也라別來意者는謂己於別後에念倉曹之故情하니其意若何오夢中看者는江上靑山과山間明月이最易移情이나然이나情深於故友則雖山月이나亦如在夢中看耳라

○觀獵

角鷹初下秋草稀　鐵驄抛鞬去如飛
少年獵得平原兎　馬後橫鞘意氣歸

此는觀獵而作也라見角鷹이初飛下于秋草踈潤之中而鐵驄馬ㅣ抛置其鞬而其馳去ㅣ如飛라於是에少年이平原之兎를獵而得之ㅎ고不勝其喜ㅎ야罷歸之時에垂鞭於鞍後ㅎ고意氣洋洋ㅎ야橫馳以歸ㅎ니少年豪氣를於此可見이라○二句는言鷹馬之迅速也오二句는言獵兎而歸來也라

○除夜　高達夫

旅館寒燈獨不眠　客心何事轉悽然
故鄉今夜思千里　霜鬢明朝又一年

此는除夕爲客而作也라獨在異鄉ㅎ야當此除夜ㅎ니爲客懷緒ㅣ有倍他時而耿寒燈에作伴而坐ㅎ야獨不成眠ㅎ니我心이緣何事端而悽然이如是耶아究其悽然之由則今夜思之ㅎ니故鄉이在千里之外ㅎ고明朝來之에霜鬢이爲一年之

過호니字字凄凉호고句句悲情이라

○塞上聽笛

雪淨胡天牧馬還　月明羌笛戍樓間　借問梅花何處落　風吹一夜滿關山

此는聽笛而有感也라見胡天之雪이已霽而牧養之馬ㅣ乘昏而還호고雪後天光이淸高호데又有一輪月호야明光이滿天地호고忽有羌笛聲이出于戍樓之間호야飄揚近遠而悲哀호니一試問之호디梅花ㅣ自何處而落乎아一夜之風에吹滿于關山耳라此는曲中에有落梅花曲故로云然也라○前二句는言雪天月明에羌笛吹於戍樓者也오後二句는言曲中之梅花ㅣ隨風而滿於關山之謂也라

○營州歌

營州少年厭原野　狐裘蒙茸獵城下　虜酒千鍾不醉人　胡兒十歲能騎馬

此는營州少年이厭苦原野호야以蒙茸之狐裘로獵於城下也라虜酒ㅣ雖千鍾之

多ㅣ나人不醉則酒之淡泊無毒을可知也오胡兒ㅣ雖十歲之幼ㅣ나能騎馬則兒
之習慣性을可知也라前二句는言少年之氣習이好獵也오後二句는言酒不醉人
兒能騎馬也니此言營州之風俗耳라

○獻封大夫破播仙凱歌　岑參

漢將承恩西破戎　天子預開獜閣待
捷書先奏未央宮　秖今誰數貳師功

此는引漢時事而喩之此時事也라言漢國將帥ㅣ蒙荷皇恩故로率軍出戰ㅎ야西
破戎國ㅎ고勝戰之捷書를使人先奏于未央宮이라天子ㅣ聞此捷報而預開麒麟
閣ㅎ고以待樹功之人ㅎ니於今에與漢之貳師로誰可同數之耶아此는比之於封
大夫之詞也라

○又

官軍西出過樓蘭　蒲海曉霜凝馬尾
營幙傍臨月窟寒　葱山夜雪撲旌竿

此는官軍이西出塞ㅎ야經過樓蘭之國ㅎ야營幙을設布沙漠則傍近月窟ㅎ야寒

氣來侵호고蒲海之曉天霜氣는凝結馬尾之毛호고葱山之夜風雪花는撲打旌旗
之竿호니風土之寒과霜雪之苦를士卒이豈可堪耐也哉아

○又

鳴笳疊皷擁回軍
破國平蕃昔未聞
丈夫鵲印搖邊月
大將龍旂掣海雲

此는凱旋之時에雙雙笳響과疊疊皷聲이相應於軍伍之中而破蕃國호고平蕃國
은自古及今에未之聞也라丈夫之鵲印은搖於邊月之下호고大將之龍旂는掣于
海雲之端호니勝戰氣勢를可見矣라一句는言笳皷之聲이疊疊於行伍之間也오
二句는言討平蕃國이自古未聞也오三句는言搖鵲印於邊月호고掣龍旂於海雲
호니古詩伐皷淵淵白旆央央을於此에見之也로다其軍容之閒暇와歌吹之淸和
一班師之氣像矣라

○又

日落轅門皷角鳴
千羣面縛出蕃城
洗兵魚海雲迎陣
秣馬龍堆月照營

此는住陣之時也라日已落於西天而轅門之外에鼙角이亂鳴矣러니見蕃之降者一爲千羣者를面縛而出城矣라於是에洗兵戈於魚海則雲來迎陣ᄒ고秣馬匹於龍堆則月色照營ᄒ니勝戰形容이發見於四句中也로다

○玉關寄長安主簿

東去長安萬里餘
故人那惜一行書
玉關西望腸堪斷
況復明朝是歲除

此는言已從長安ᄒ야至玉關也라那惜은那可惜也라去萬里者ㅣ視一行書면奚寶萬金이리오故人이獨非人情乎아那可惜此而不寄也오此는責主簿ㅣ라出玉關而西望ᄒ니茫茫風沙而故人之消息이杳然ᄒ니可堪膓斷이온況逢歲盡ᄒ야日月流遷ᄒ야旅館愁思ㅣ猶爲不堪ᄒ니故人이知之否耶아

○苜蓿烽寄家人

苜蓿烽邊逢立春
葫蘆河上淚霑巾
閨中只是空相憶
不見沙場愁殺人

岑嘉州ㅣ嘗從封常清ᄒᆞ야出玉門西征ᄒᆞ니塞外에無驛亭ᄒᆞ고無山嶺ᄒᆞ고止以烽火爲識ᄒᆞ니玉門關外에有五峰ᄒᆞ니苜蓿烽이其一也라逢立春故로起思想之念이라胡盧河上狹而下廣ᄒᆞ야流波甚急ᄒᆞ야深不可渡ㅣ라上이置玉門關ᄒᆞ니即西域之襟喉也라河在大同府薊州城北ᄒᆞ니此ᄂᆞᆫ因風景之惡而思家也라閨中之情은不過望空虛想이오未知實境ᄒᆞ야倫令見之라도又不知傷懷何似也ㅣ라無聊抒寫ᄒᆞ야聊以寄愁라

○逢入京使

故園東望路漫漫
雙袖龍鍾淚不乾
馬上相逢無紙筆
憑君傳語報平安

因逢京使ᄒᆞ야回首而望故園則路漫漫其脩遠矣라思家情迫을於此에見之라龍鍾은竹名이니年老者ㅣ如竹枝葉搖曳ᄒᆞ야不自禁持라此言雙袖龍鍾은以拭淚之故로兩袖ㅣ離披而不振也라上文에先言旅思之苦則此處相逢이便有情思矣라無紙筆은正見得在馬上也라無紙筆故로只得傳語相報ᄒᆞ고塞外相逢에忽忽來去ᄒᆞ야平安이即家信也라此惟在玉門關外故로只見其妙ㅣ라二句ᄂᆞᆫ相逢時에東望思家而淚濕兩袖也오二句ᄂᆞᆫ此便欲付書而無紙筆故로只以口傳平安으로

托之耳라

○送人

西原驛路掛城頭　君去試看汾水上
客散江亭雨未休　白雲猶似漢時秋

此ᄂ送別之詩也라別路ᄂ卽西原驛路而驛掛於城頭라江亭에雨下未休而送客散去ᄒ니怊悵離懷ㅣ切此時라又言君之去路가必自汾水而去則試以看之ᄒ라白雲之飛必似漢武帝之時矣리라二句ᄂ言江雨未晴에送人之悲情也오二言試看汾水之白雲이면猶似漢時之秋風이라

○春夢

洞房昨夜春風起　枕上片時春夢中
遙憶美人湘江水　行盡江南數千里

洞은深也라春風이起於洞房則因春感情ᄒ고因憶有夢矣라曰昨夜者ᄂ盖追溯之詞ㅣ라此美人은必有所指ᄒ니以其在湘江遠隔故로遙憶之也라因憶之切故

로夢之遠也라片時는與下行盡으로一時應이라數千里者는此謂千里神馳者矣
니片時而行數千里는此正是春夢이니不足爲憑也라

○酒泉太守席上醉後作

酒泉太守能劍舞　高堂置酒夜擊皷
胡歌一曲斷人腸　坐客相看淚如雨

此는岑參이與酒泉太守로醉樂之詞也라太守劍舞於席上ᄒᆞ고置酒而娛ᄒᆞ며擊皷而遊ᄒᆞ시又有胡歌者ᄒᆞ야悲感凄愴이使人幾乎斷腸則滿座之客이孰不淚如雨乎아此所謂樂極悲生者也로다

○題長安主人壁　張正言名謂

世人結交須黃金　黃金不多交不深
縱令然諾暫相許　終是悠悠行路心

以金交ᄒᆞ야買盡世人이라曰須者는見非此不行也라交不深者는此句ㅣ足上句之意ᄒᆞ니必金多而交深則又更進一層矣라暫相許者는此便是金不多交不深樣

子니無金則然諾이不靈ᄒ야縱使相許ᄒᆞ나口只暫時耳라楚人이得黃金百斤이不
如得季布一諾이라ᄒᆞ니라 終字ㅣ與暫字應이오悠悠行路ᄂᆞᆫ如路上人이漠不相
干也니與暫相許意로反이라

○送魏十六還蘇州　皇甫茂政

秋夜沉沉此送君　孤舟明日毗陵道
陰蟲切切不堪聞　回首姑蘇是白雲

此ᄂᆞᆫ秋夜送別之詞也라沉沉秋夜에陰蟲之聲이切切ᄒ야悲不堪聞ᄒ니別離情
懷尤不可禁耳라豫想之컨ᄃᆡ明日則君乘孤舟而去ᄒ야毗陵道에셔回首望姑蘇
ᅵ면只是白雲之迷翳而已라上二句ᄂᆞᆫ言秋夜蟲聲中에相與別者也오下二句ᄂᆞᆫ
孤舟上에回望則姑蘇白雲이入於眼界也라

○楓橋夜泊　張懿孫名繼

月落烏啼霜滿天　姑蘇城外寒山寺
江楓漁火對愁眠　夜半鍾聲到客船

此는泊船時에是十三四夜之間이니月落時在五更之末이라日影墜下에驚烏夜啼ᄒᆞ니亦將曉之候也라五更霜落ᄒᆞ니滿天者는尙未落也니非四更時乎아江楓은泊船之所에江岸有楓이라漁火는漁火射在楓葉上ᄒᆞ야紅光이相暎而易見이라對愁眠은此時에張繼族中에不能睡着而江楓所暎之漁火ㅣ射到窓內ᄒᆞ야正與愁眠相對라姑蘇城外는特將實落地名ᄒᆞ야叫出扣任楓橋ㅣ라寒山寺는在一西去蘇城十里ᄒᆞ니必用寺者는爲鍾聲故也라夜半은此時에實不是夜半이라張繼愁眠時에心神이恍惚ᄒᆞ야疑其是半夜也라鍾聲은聲從寒山寺來ᄒᆞ니天已將曉而張繼猛然醒覺ᄒᆞ야猶疑爲夜半也라到客船은鍾催曉에旣到客船ᄒᆞ야天漸曉矣라卽張繼夜泊之舟ㅣ亦且解纜開去ᄒᆞᆯᄉᆡ一夜愁眠이至此欲睡호디亦不能睡ᄒᆞ야不免抱怨ᄒᆞ야五更之鍾이爲夜半而尙恨其早也니其神情이全在夜上이라

○昭陽曲　　劉文房

昨夜承恩宿未央
芙蓉帳小雲屛暗
羅衣猶帶御爐香
楊柳風多水殿凉

此는新承寵之女也라昨夜에宿於未央宮而歸則所着之羅衣에御爐之香臭ㅣ侵

襲濕染이라芙蓉帳中에雲屛이暗黑ᄒ고楊柳風前에水殿이清涼이라上二句ᄂ
言承恩而衣帶香也오下二句ᄂ言蓉帳雲展과柳風水殿이御供之繁華也라

○送裵郞中貶吉州

猿啼客散暮江頭　同作逐臣君更遠
人自傷心水自流　青山萬里一孤舟

此ᄂ同謫居라가送別之詞也라文房이送裵郞中之時에江天日暮ᄒ고猿亂啼而
行客去ᄒ니人心이自此悲傷ᄒ고江水ᄂ彼自流去라我與君으로同爲謫居ᄒ야
相依相慰라가今當此別ᄒ야棄我而遠去ᄒ니一片孤舟ᅵ載君而萬里行ᄒ야使
我로懷極悲切之情懷難以抵敵이로다上二句ᄂ言暮江猿啼ᄒ야人悲水流也오
下二句ᄂ言同敵君遠ᄒ야孤舟萬里也니都是凄凉底句語耳라

○新息道中作

蕭條獨向汝南行　古木蒼蒼離亂後
客路多逢漢騎營　幾家同住一孤城

此ᄂ亂後獨行而有感也라兵火之餘에所過村間ᅵ蕭條寂寥ᄒ야滿目荒凉而我

獨向汝南地호서路中에多逢騎兵之陣호니戰爭이尚未休息이라爲問離亂이經
年호야古木蒼蒼者ㅣ不知幾番春이오而孤城中에幾許家ㅣ尚今同住耶아此莫非亂
離中景光이니誰不傷心也哉아二句는言路中獨行之歎也오二句는言城中人家
之住也라

○贈崔九

憐君一見一悲歌
歲歲無如老去何
白屋漸看秋草沒
青雲莫道故人多

此는相歡之詞也ㅣ라言見君而悲歌ㅣ自發者는萬事無成而歲去年來에只此年
老之白髮을無可奈何ㅣ라居此白屋호야但看秋草之沒이오故人이雖多於青雲
路ㅣ나不足道也라年老家貧호야自嘆于白屋而已니富貴故人이何可念及於此
境耶아悲身世之不遇호고莫道故人之多호라

○過鄭山人所居

寂寂孤鶯啼杏園
寥寥一犬吠桃源
落花芳草無尋處
萬壑千峯獨閉門

山深徑僻ᄒᆞ야不但人稀라卽鳥聲亦少ᄒᆞ니孤鶯寂寂은境之幽也라一犬吠ᄂᆞᆫ似
有犬吠雲中仙家之景象ᄒᆞ니亦言其幽也라漸進而花林深處에草徑成蹊ᄒᆞ야尋
山人之門而尙不知何處ㅣ라已見其門이當萬壑爭流ᄒᆞ고千巖競秀之際而閉門
修靜ᄒᆞ니獨山人所居爲然眞成得簡山人氣像이라

○寄別朱拾遺

天書遠召滄浪客
幾到臨歧病未能

此ᄂᆞᆫ言天子之詔書ㅣ遠召滄浪之客而幾度病未能入天陛耶아天子求賢之意如
春陽之布德澤ᄒᆞ야無遠不屆故로行人之一騎發於金陵也라此ᄂᆞᆫ朱拾遺ㅣ被命
而行故로云然也라

江海茫茫春欲遍
行人一騎發金陵

○尋盛禪師蘭若

秋草黃花覆古阡
隔林遙見起人烟

山僧獨在山中老
惟有寒松見少年

此尋寺而作也라 黃花衰草ㅣ遍覆岸容者는 尋寺之路에 秋景也오 隔林見烟者는
漸入而望見ᄒ니 人家之烟이繞於林間ᄒ야 知有寺也오 入寺見僧則此僧이獨在
山中ᄒ야 年己老矣而見寒松이不改靑色ᄒ고滿於山岡ᄒ니 此可謂見少年也로
다 上二句는尋徑而入ᄒ야見烟而知有家也오 下二句는松靑僧老ᄒ야見人己白頭
ㅣ오松爲靑春ᄒ니 古詩云手植靑松今十圍者ㅣ亦此之謂歟아 盛禪師蘭若는想
是修道沙門之流乎아

○滁州西澗　韋應物

獨憐幽草澗邊生　春潮帶雨晚來急
上有黃鸝深樹鳴　野渡無人舟自橫

此亦託諷之詩라 草色澗邊ᄋ로喩君子ㅣ生不遇時ᄒ고 鸝鳴深樹로譏小人讒佞
而在位라 春水一本急ᄒ야遇雨而語又當晚潮之意ᄒ야 其急이更甚ᄒ니喩時之
將晚也라 野渡에有舟而無人運濟로喩君子ㅣ隱居山林ᄒ야無人擧而用之也라
○唐韋應物은京兆人이니 歷左司郞中蘇州刺史ᄒ야一稱韋蘇州ㅣ라 合解예生
字改以行字ᄒ고上字를改以尙字ㅣ라 言西澗之幽에芳草可愛ᄒ야我獨憐之而
散步至此ㅣ라 深樹鳴者는春雖暮矣나尙有黃鸎深樹裡啼轉ᄒ니 物情이盡堪留

戀이라 晚來急은 此時에 春水泛溢ᄒ야 雨後之潮ㅣ 晚來更急이라 舟自橫은 春雨
水漲渡頭ᄒ야 過渡者ㅣ 稀少故로 有無人之舟ᄒ야 因水泛而自橫耳라 此ᄂ 偶賦
西澗之景이오 不必有所託意也라

○寒食寄京師諸弟

雨中禁火空齋冷　江上流鶯獨坐聽
把酒看花憶諸弟　杜陵寒食草青青

寒食은 在清明前一日ᄒ니 多有風雨ㅣ라 爲介子推ㅣ 焚骸故로 禁烟火ᄒ야 人皆
寒食故로 云寒食이라 此言郡齋一本自寂寞ᄒ고 今因禁火而愈冷也라 獨坐聽鶯
時에 因憶著京師諸弟也라 人惟獨中之想이 最多ㅣ라 空齋獨坐ᄒ야 把酒看花ᄒ
니 夫復何樂고 故로 憶弟而想及故園也라 杜陵은 漢宣帝陵이니 在西安府城東南
十五里라 韋本에 杜陵人이 想故鄉芳草ㅣ 寒食倍青而恨己之不得遊其地也라

○九月九日

今朝把酒復惆悵　憶在杜陵田舍時
明年此日知何處　世亂還家未有期

此는九日思故鄕也라言客中今朝에把樽傾酒ᄒ니不勝惆悵ᄒ야忽憶在杜陵田
舍之時라明年九日則在於何處乎아値此亂世ᄒ야還家之期未可有也라上二句
는言客中九日에把酒思杜陵之田舍也오下二句는言明年此日에未知在何處ᄒ
니何故오世亂中에未有還家之期也라

○少年行　王維

新豐美酒斗十千　　相逢意氣爲君飮
咸陽游俠多少年　　繫馬高樓垂柳邊

庾信春賦에入新豐而酒美라ᄒ고曹植詩에歸來宴平樂ᄒ니美酒斗十千이라ᄒ
니言一斗酒에費萬錢也라此句는伏下爲君飮之本이라咸陽은卽長安也라立氣
勢ᄒ며作威福ᄒ며結私交者를謂之游俠이라少年與少年과游俠與游俠이意氣
相得者也니如相逢時에不問識熟ᄒ고只論意氣ᄒ야君欲我飮乎아我爲君飮이
라ᄒ니所恃者ㅣ意氣耳라高樓는卽酒樓也라繫馬柳邊ᄒ고以待飮ᄒ니與鳴鞭
過酒肆御者로遠矣라

○訪王侍御不遇　劉文房

九日驅馳一日閑　尋君不遇又空還
怊來時思淸人骨　門對寒流雪滿山

此는訪侍御而不遇也라九日은驅馳多事ᄒᆞ고一日은閑靜無事故로尋訪君而不遇ᄒᆞ고又爲空還ᄒᆞ니其所悵結底懷不可道也라來此時思淸人之骨ᄒᆞ니門前對寒溪之流ᄒᆞ고山中滿白雪이라上二句는言九日驅馳而一日閑ᄒᆞ야訪而不遇也오下二句는言王侍御之居ー門有寒流ᄒᆞ고山有白雪ᄒᆞ야使人으로骨冷神淸ᄒᆞ야都無纖細塵埃之一點耳라

○陌上贈美人　李白

駿馬驕行踏落花　垂鞭直拂五雲車
美人一笑捲珠箔　遙指紅樓是妾家

此當是五陵游俠이陌上春遊ー라少年上馬之鞭이直不到美人五雲車上ᄒᆞ니盖有意於調笑美人也라於是에美人이果嬌然一笑ᄒᆞ고手捲車上之簾箔ᄒᆞ야以迎

少年호니將有言也라遙指紅樓는此是美人手勢라是妾家는美人口答也니裘簾
遙指호니明媚之態宛然이라太白이偶見於陌上故로賦其事以遙贈也니然이나
亦不必認眞이라

○登賀意寺上方舊遊　　劉文房

翠嶺香臺出半天
萬家烟樹滿晴川
諸僧近住不相識
坐聽微鍾記往年

此는再遊而作也라翠嶺之上에香臺崔嵬縹緲ᄒ야高出于靑天ᄒ고俯瞰則撲地
萬家之烟籠樹木이滿於晴川ᄒ니風物을可愛라進而入寺則寺中諸僧이近而住
之호ᄃ渾不相識ᄒ고但聽鍾聲ᄒ고怳若往年來此之時也라一句는言寺之樓臺
高大也오二句는言入眼之景光也오三句는言往年相見之僧이近而不相識也오
四句는言鍾聲은無異於前日也라

○山行

遠上寒山石逕斜
白雲深處有人家
停車坐愛楓林晚
霜葉紅於二月花

此는登山而翫秋景也라行尋石逕斜而登高處ㅎ야望之則人家在於白雲之中ㅎ니此是遠眺之景也오九月霜風에楓葉이紅染尤深ㅎ야勝於春花故로坐而愛之ㅎ야深得山行之趣味也라上二句는上山而望之也오下二句는滿山紅葉이秋景可翫也라

○山店　盧　九

登山路何時盡　決決谿流到處聞
風動葉聲山犬吠　幾家松火隔秋雲

此는不見山村而行也라巉巖危石에一條小逕이縱橫千山萬壑之中故로携筇而行則登之又登ㅎ야未知何時而盡此險路乎아此谷彼谷에谿水之聲이處處決決ㅎ야洞天이不寂實而轉入山家則樹葉을風爲動而蕭蕭ㅎ니山中之犬이聞此聲而亂吠ㅎ고人家之燈은以松脂燃火故로靑烟上升ㅎ야與秋雲으로相雜而已라此는描出山家之光景耳라

○村南逢病叟

雙膝過頤頂在肩　四隣知姓不知年
臥驅烏雀惜禾黍　猶恐諸孫無社錢

此ᄂᆞᆫ逢病叟而作也ㅣ라此叟之形容이老且病爲ᄒᆞ야坐則兩部之膝이兀立而過於
頤上ᄒᆞ고童濯之頂은曲而載於肩ᄒᆞ니四隣之人이但知其姓字ᄒᆞ고不知其年齒
之幾何耳라臥於田畔幕中ᄒᆞ야鳥雀이群飛ᄒᆞ야集于禾黍之穗則呼而驅逐之ᄒᆞ
고又言某日契에錢額을吾之兒孫이何以辦備乎아此叟ㅣ老隆病深ᄒᆞ디猶有陽
界上에一點生脉ᄒᆞ야惜禾黍而憂社錢耳라

○寒食

韓君平

春城無處不飛花
寒食東風御柳斜
日暮漢宮傳蠟燭
青烟散入五侯家

寒食時에春花ㅣ正開ᄒᆞ고旋開旋落은因風而飛라用無處不三字ᄂᆞᆫ偏地皆春光
矣라以柳로暎上花字ᄒᆞ고以風ᄋᆞ로暎上飛字而又以斜字로貼風ᄒᆞ고以東風ᄋᆞ
로暎上春字而伏下漢宮ᄒᆞ고且於此句에特提寒食ᄒᆞ고無裝疊之痕이
라時雖禁火而宮中則傳燭以分火ㅣ라五侯ᄂᆞᆫ近君驕貴ᄒᆞ야傳燭을必先及之ᄒᆞ
니於是에青烟이飄颺ᄒᆞ야盡散入五侯之家矣라五侯者ᄂᆞᆫ漢末에宦官이專權ᄒᆞ
니桓帝封單超徐璜貝瑗左琯唐衡五侯ᄒᆞ야同日爲侯ᄒᆞ니自是로朝政日亂이러
니唐自蕭代以來로宦者權重ᄒᆞ야政之衰亂이伴於漢故로此詩ᄂᆞᆫ寓諷刺焉이라

○江南曲

長樂花枝雨點銷　春樓不閉葳蕤鎖
江城日暮好相邀　綠水回通宛轉橋

此는咏江南而爲曲也라長樂之花枝에宿雨ㅣ點點銷盡而江城에日已暮ᄒᆞ야好
意相邀ㅣ라春樓不閉而草木葳蕤之色이侵入於樓中ᄒᆞ고下有綠水之流ᄒᆞ야回
通而宛轉于橋ㅣ라上二句는言花枝雨銷而江日已暮ᄒᆞ야相邀而爲好也오下二
句는言樓鎖葳蕤ᄒᆞ고橋轉綠水ᄒᆞ야景色을可愛也라

○歸鴈　錢起

瀟湘何事等閑廻
水碧沙明兩岸苔
二十五絃彈夜月
不勝清怨却飛來

鴈이至衡陽而回ᄒᆞ야至瀟湘二水之間이라今設爲問鴈曰汝爲何事而輕回乎아等
閑者는輕忽之辭也라言瀟湘이風土ㅣ甚美ᄒᆞ야不宜輕去之也라湘水至清ᄒᆞ야
下見石子ㅣ若樗蒲ᄒᆞ고白沙ㅣ若霜雪ᄒᆞ고赤岸이若朝霞ᄒᆞ니出湘州記ㅣ라彈

夜月은此ㅣ爲鴈호야原所以歸之호니豈以湘靈이彈二十五絃之瑟於月夜耶아瑟聲이悲彈夜月則尤凄絕矣라瑟聲이淸怨을鴈이不勝其悲호야却便去瀟湘而飛來至此耶아盖瑟中에有歸鴈操而錢起有湘靈瑟詩호야爲時所稱故로託意於鴈而歸美於瑟也라上二句는言問於鴈也오下二句는言鴈之答也라

○聽隣家吹笙　郎君冑

鳳吹聲如隔綵霞　不知墻外是誰家
重門深鎖無尋處　疑有碧桃千樹花

此는郎君冑ㅣ聽笙而作也라忽聞吹笙之聲이如在綵霞掩隔之中而不知出於誰家也라重重門戶ㅣ深鎖已閉호야無處尋討其吹笙之家而曲中에桃花千樹ㅣ爛發故로疑有碧桃千樹花也라上二句는聞笙而不知家之歡也오下二句는門鎖無尋而千樹碧桃花를疑有於此也라

○栢林寺南望

泊舟微徑度深松　谿上遙聞精舍鍾
青山霽後雲猶在　畫出西南三四峯

此는在寺南望也라精舍之鍾이隱隱于雲外호고隨風而來호야使人聞之也오所乘之舟를泊于溪水微徑之下호고登陸而度松栢之深處ㅣ라靑山에雨已過去호고未散之雲이散在峰頭而見寺之西南에三四峯若畫出而半依峯半依天耳라上二句는言入寺之始也오下二句는言入寺而翫景也라

○峽口送友人　司空文明

峽口花飛欲盡春
天涯去住各沾巾
來時萬里同爲客
今日翻成送故人

此는送友而作也라此時에峽中之花ㅣ東風飛去호야春色이欲盡而君去我住ㅣ分在天涯則雙行之淚ㅣ各自沾巾이라來此時與君同爲客於萬里之外러니至於今日호야送同留之故人호니凄切悲情이有倍於他日耳라

○江村卽事

罷釣歸來不繫船
江村月落正堪眠
縱然一夜風吹去
只在蘆花淺水邊

江村에正可以垂釣ㅣ오罷釣에正當繫船이어늘乃任意曠達이라以不繫船三字

로翻出一絕佳句ㅣ라既不繫船矣니又安眠得好ㅣ리오眞有率意獨駕ㅎ야任其
所止而休之이라下二句에上句는一放ㅎ고下句一收ㅎ야從不繫船二字內에便
伏此兩句之根이라蘆花淺水에切江村便吹去也라只在江村左右ㅎ리니吹去何
害오語意極淺ㅎ야有一種興味自佳라

○謾興　杜甫

膓斷春江欲盡頭　顛狂柳絮隨風舞
杖藜徐步立芳洲　輕薄桃花逐水流

此는杜工部ㅣ不勝春興ㅎ야携其藜杖而向春江ㅎ야徐步緩行而立于芳洲則江
岸之柳絮는隨風而舞ㅎ고江岸之桃花는逐水而流ㅎ니絮則顛狂之態ㅣ見矣오
花則輕薄之姿ㅣ亦可見矣라上二句는言立芳洲而翫景也오下二句는言桃花之
景光也라

○長信宮　李端

金壺漏盡禁門開　隨分獨眠秋殿裏
飛燕昭陽侍寢回　遙聞笑語自天來

此亦宮怨也라此四句는言曉漏己盡호고鷄人報籌호야九重之門이洞開호니於
是에飛燕이侍寢於昭陽殿而歸이라彼美人兮ㅣ得恩寵而自得이어늘惟我失寵
之人은安其分호고쏯쏯孤身이獨宿於寂寞秋殿之際에笑語之聲이自天下來를
側耳遠聽而己라

○古詞

鵲血調弓濕未乾
鸊鵜新淬劍光寒
遼東老將鬢成雪
猶向旄頭夜夜看

古詞者는與古意同이라言調弓之鵲血은猶未乾而又以鸊鵜之血로新淬寶劍則
劍光이霜寒호야弓劍을堅利케호지라遼東之老將이兩鬢이如雪이나猶有少時
之勇氣호야夜夜看旄頭而誓于心也라向旄頭는西方昴宿니司君王之主星故로
如是耳라

○湘南卽事　戴幼公

盧橘花開楓葉衰
出門何處望京師
沅湘日夜東流去
不爲愁人住少時

此는湖南에卽賦其事也라盧橘花方開호고丹楓葉은已衰호니時則似九十月耳
라於是時예爲客于此故로出門而望京華於何處乎아瞻彼沅湘之水호니不捨晝
夜호고東流而去호고爲愁人而不住少時호니自嘆光陰之迅速也라

○荅元明府

山下孤城月上遲
相留一醉本無期
明年此夕遊何處
縱有清光知對誰

此는幼公이答元明府而作也라與元明府로相逢遊遨之時에明月升天而差遲
호고今夕一醉本無期也니從此分離之後에明年此夕에縱有明月之光이同
於今夕이나與君相會홈을未可必이니則不知與誰而遊於何處乎아上二句는遇元明府
一不期而會호야適值月夜호야把樽酬酢호야醉而爲樂也오下二句는不知明年
此夕에月之清光이必如今夕而與誰로遊於何處耶아歎之之詞也라

○送呂少府

共醉流芳獨歸去
故園高士日相親
深山古路無楊柳
折取桐花寄遠人

此ᄂᆞᆫ送呂少府而作也라言與君으로共醉流芳而獨歸去故園則與高士로日相親
矣라今當送別ᄒᆞ야折取桐花以寄ᄒᆞ니此ᄂᆞᆫ深山古路에無楊柳之故也라

○旅次寄湖南張郎中
戎昱

寒江近戶慢流聲　　歸夢不知湖水濶
竹影當窓亂月明　　夜來還到洛陽城

此ᄂᆞᆫ賦旅夜所聞ᄒᆞ니言從無聊賴中ᄒᆞ야忽聞江流之聲이似屬漫然無益ᄒᆞ되以
其所屬意者ᄂᆞᆫ在湖南也라懷人未遇ᄒᆞ고但見竹影當窓ᄒᆞ고且月光在戶ᄒᆞ니只此
便是夢來時候ㅣ라月明日亂者ᄂᆞᆫ爲竹影參差故也라情深而夢ᄒᆞ니夢이豈知道
里之遠과山川之隔乎아當時에以湖水間濶로爲悵이러니除是夢中에當得飛渡
耳라此夢中에不但能渡湖ㅣ라想夜來還到得洛陽城內ᄒᆞ야往返迅速ᄒᆞ야相思
頓慰ᄒᆞ니其奈是夢에何哉오

○移家別湖上亭

好是春風湖上亭　　黃鸝久住渾相識
柳條藤蔓繫離情　　欲別頻啼四五聲

好一字起法이니是說湖上亭好호고又說是春風好호고却是暗說意中之人好也라是春風者는指著湖上亭而又讚著春風호니湖上亭은是其人이居處春風則恍見其人之在亭中矣라下面에柳條藤蔓黃鶯이俱從春風發脉이라湖上亭은將此三字說出則明讚其人矣라然이나又收住了口호고却只將亭外之物來說호야又似不欲說湖上亭者ㅣ라繫離情은言非此亭之繫我情이라是亭外春風中之柳條藤蔓이繫我離情耳라亭外에不但無知之藤柳ㅣ라更有有情之黃鶯焉이라久住渾相識은黃鶯兒ㅣ因我住得久호야却識我호고我亦識鶯호야兩下裏에渾成相識이라欲別은如今에我欲別此而去ㅣ라頻啼四五聲은黃鶯이不忍我別호야乃頻々啼四五聲相送호니其實은說黃鶯藤柳去處호야都是說湖上亭的好而其說湖上亭好處는便是說意中人好處호니句句推開호고句句牽扯호니妙絕이라

○題葉道士山房　顧逋翁

水邊楊柳赤欄橋　洞裏神仙碧玉簫
近得麻姑書信否　潯陽江上不通潮

此는題道士山房也라道士所居之地에水邊에多種楊柳호고楊柳之下에架橋而赤欄을端於兩邊호고洞裏에己有神仙호고神仙之吹는造簫而碧玉으로刻以爲

之라麻姑之書信을近或得之否耶아潯陽江上에不通潮
水則通信을不可得也리
라上二句는言所渡之橋에赤欄之飾也ㅣ오下二句는言麻姑書信은潯陽不通潮
則不知得與否也로다

○宿昭應

以武帝로
比於唐皇
이고殿은
唐所建이

武帝祈靈太乙壇　　那知今夜長生殿
新豐樹色繞千官　　獨閉空山月影寒

此는漢武帝祈靈于太乙壇之時에新豐樹色이繞於千官而威儀之盛과劍佩之聲
이當年天子之氣勢矣러니今則長生之殿이獨閉於空山而明月之影이一是寒冷
하니豈非愴然者耶아

○夜上受降城聞笛　李君虞

回樂峰前沙似雪　　不知何處吹蘆管
受降城外月如霜　　一夜征人盡望鄉

受降城은唐張仁愿이請乘虛取漢北地하야於河北에築三受降城하야當虜南寇

路ㅣ라回樂峰前에白沙ㅣ似雪ㅎ고受降城外에明月이라蘆管之聲이不
知自何處而來耶아從軍之人이今夜에並皆望故鄉而悲也라上二句는言上受降
城則月色이如地上霜이오又看回樂峰則沙塲如六出花也라下二句는言出征人
이聞此笛聲之清亮ㅎ고孰不起故鄉之思乎아

○聽曉角

邊城昨夜墮關楡
吹角江城片月孤
無限塞鴻飛不渡
西風吹入小單于

此는在邊城聽角也라一輪孤月이明照于江天而吹角之聲이凄絕悲絕ㅎ야人不
堪思鄉之愁耳라非但人聽而悲라惟彼無數之塞鴻이聞此角而飛不能渡江ㅎ고
隨西風而入小單于耳라上二句는言關楡之葉이墮於昨夜者는追溯之詞ㅣ오片
月之下에吹角而不堪聞也ㅣ오下二句는言塞鴻도不渡而西風吹入小單于也라

○早發破訥沙

破訥沙頭鴈正飛
鸊鵜泉上戰初歸
平明日出東西地
滿磧寒光生鐵衣

此는早發而有感也라言鴈正飛於破訥沙호고戰初歸於鸊鵜泉호니平明之時에見朝日이出於東南地則滿磧寒冷之氣ㅣ生於所着鐵衣也ㅣ라上二句는言鴈飛而戰歸也ㅣ오下二句는言日出而磧中寒氣가生于鐵衣也라

○送客還幽州

惆悵秦城送獨歸
薊門烟樹遠依依
秋來莫射南來鴈
縱遣乘春更北飛

此亦送別而作也라秦城에送君獨歸호니惆悵을不可抑而薊門之煙樹ㅣ依依而含情이라秋來則南來之鴈을愼莫射之호라春來則更北飛호야可以傳書信也라上二句는言相別惆悵之情이各不堪抑而煙樹之依依ㅣ助我懷緒也라下二句는言待春而寄書則請莫射今日之南飛鴈也라有南來鴈則此時는即八九月也故로以春北飛로爲言也라

○宮怨　李益

露濕晴花春殿香
月明歌吹在昭陽
似將海水添宮漏
共滴長門一夜長

明惠ᄂ即八十吳僧號

庭花浥露而已不得蒙澤ᄒ고春殿披香而長門은獨甘愁寂ᄒ니皆怨恨之端也라夜深則露落矣오月明矣라於是에從月明之下ᄒ야倚立以聽이라夜靜風淸ᄒ야傳來歌吹之聲則在昭陽宮裏ᄒ니豈不怨殺리오以寂寥之夜로聽歌吹之聲ᄒ야一更意惹惹情傷ᄒ고一聲宵長漏永ᄒ야越聽越覺其長ᄒ야似添了海水一般이라按李蘭漏刻法에以器貯水ᄒ고以銅爲渴ᄒ야鳥狀如鈎曲ᄒ고以引器中水於銀龍中ᄒ야口中吐入權器ᄒ야漏水一升에秤重一動이면時經一刻이라長門宮은離宮名이라陳皇后ㅣ貶時所居故로長門之漏ㅣ比他處면似乎更長ᄒ니今似將海水爲漏水ᄒ야共滴不歇也라

○題明惠上人房

簷前朝雨暮添花　　入定幾時還出定
八十吳僧飯熟麻　　不知巢燕汚袈裟

此ᄂ入上人房而題也라簷前에有花而沾朝雨後에日暮添花也라年八十이所食熟麻而入定幾時에還出定ᄒ고出定幾時에又爲入定故로此僧이潛心修道ᄒ야欒上巢燕이汚穢袈裟之衣而不知也라上二句ᄂ言添花而老僧이飯麻也오下二句ᄂ言入定出定而不知燕之汚衣也라

○汴州聞角　武伯蒼

何處金笳月裏悲
悠悠邊客夢先知
單于城上關山月
今日中原忽鮮吹

月明之夜에金笳之聲이悲哀凄凉而在邊塞之客이愁眠朦朧之中에覺而先知ᄒ
야家中戀戀之情이徘徊于心中이라昔日關山月色이遍照于單于之城而今日中
原之地에忽然解吹也ㅣ라上二句ᄂ言月下悲笳ㅣ不知何處而來ᄒ고邊客이必
也夢先覺而知也오下二句ᄂ言此金笳ㅣ曾是吹於單于城關山月者而不意今日
에聞於中原汴州之地耳라

○和練師索秀才楊柳

水邊楊柳綠烟絲
立馬煩君折一枝
惟有東風最相惜
慇懃更向手中吹

垂水之柳ㅣ嫋嫋可愛ᄒ고其絲也如綠煙은言其空濛而幽細也라古人이折柳以
贈別이러니今愛惜其絲柳故로折來好把玩也라折柳者ㅣ一爲惜柳ㅣ나然이나

實不知其可惜也오彼最能相惜者는其惟春風乎ㄴ여憨憨은乃其最相惜之情也
라柳未折時에春風이嘗吹ᄒ고柳折入手에春風이更吹得緊ᄒ니盖以柳雖折去
나春風은不忍暫忘ᄒ니乃見其憨憨也라

○柳州二月榕葉盡落　　柳子厚

宦情羈思共悽悽　　山城過雨百花盡
春半如秋意轉迷　　榕葉滿庭鶯亂啼

子厚之刺柳州雖非坐譴이나然이나邊方烟瘴則仕宦之情과羈旅之思ㅣ自覺含
凄而可悲라羈人이이最怕是秋어늘今春半而木葉이盡落ᄒ야竟如秋一般ᄒ야使
我意思로轉覺迷亂也라柳州多山故로曰山城이라雨過花盡ᄒ니眞春半如秋矣
라閩廣에有木名榕이니大而多陰ᄒ고初生에如葛緣木ᄒ고後乃成樹라鶯啼時
而葉落ᄒ니又春半如秋矣라

○酬曹侍御

破額山前碧玉流　　春風無限瀟湘意
騷人遙住木蘭舟　　欲取蘋花不自由

破額山은在黃州府黃梅縣西北이라碧玉流는山前流水ㅣ如碧玉也라騷人은指曹侍御ᄒ니因下有瀟湘字也라侍御從黃州來故로曾駐舟於碧玉流中ᄒ야從黃州而想破額山前故로曰遙駐耳라述異記云七里洲中에有魯班ᄒ야刻木蘭爲舟ᄒ야至今在洲中이라詩家ㅣ美其名故로用舟에必稱木蘭이라我因感春風而懷騷人ᄒ야便覺滿懷有無限瀟湘之意라瀟湘에有蘋花ᄒ야欲探以獻호ᄃ奈拘於宦守ᄒ야不得自由ᄒ야所以空寄懷思而已라柳渾詩云江洲採白蘋ᄒ니落日江南春이語意本此라

○銅魚使赴都寄親友

行盡關山萬里餘
到時閭井是荒墟
附庸惟有銅魚使
此後無因寄遠書

此는子厚遠行時也라關山萬里之道路를行之盡而到此時에間井人家ㅣ皆是荒墟故로使人으로不覺凄凉悲傷矣라今有銅魚使赴都故로以書寄友而此後는路遠便絕ᄒ야無由寄書耳라上二句는言道路之遠과間井之墟也오下二句는言遠書無由寄也라

○與浩初上人同看山寄京華親故

海畔尖山似劍鋩　秋來處處割愁腸
若爲化得身千億　散上峰頭望故鄉

此는看山有感而作也라山之尖者ㅣ若釼之鋩而當此秋風하야如割愁腸이라然而有所願者하니此身이變化爲千億身하야散上千億峯則可以望吾之故鄉也라上二句는言見山而似劍割腸也오下二句는言故鄉之思ㅣ一切且緊焉故로化身上峰也라然而不可得之事로되搆虛望之詞也라

○夏晝偶作

南州溽暑醉如酒　日午獨覺無餘聲
隱几熟眠開北牖　山童隔竹敲茶臼

南國夏熱이尤甚於中州故로暑氣上面이悅如醉酒而北窓淸風에憑几而眠하다가白日當天中하야亭午矣라於是에忽覺眠而坐하니四面寂寥하야無一箇聲이러니竹林隔近之外에山童敲茶之聲이入聞而破開寂而已라此는閒中無事似神仙者歟아

○伏翼西洞送人

洞裏春晴花正開　　慇懃好去武陵客
香花出洞幾時回　　莫引世人相逐來

此ᄂ春風送人也라春日晴佳ᄒ고百花正開於伏翼西洞中而此花逐流出洞ᄒ야未知幾時復回耶아好去武陵之客에慇懃以托ᄒ노니莫使塵世之人으로引而互相逐來也ᄒ라

○上陽宮

愁雲漠漠草離離　　殘花猶發萬年枝
太乙句陳處處疑　　日暮毀垣春雨裏

此ᄂ懷古而作也라入上陽宮則昔日唐帝之祈靈時에百官劍佩之聲과萬乘車馬之盛이悅若隔晨而今에不復可見이오愁雲이漠漠ᄒ고荒草ㅣ離離ᄒ야太乙之壇과句陳之宮이到處에無非可疑而春雨霏霏而下ᄒ고西日이已暮ᄒ되於墻垣이頹圮之中에衰殘之花ㅣ猶發萬年枝ᄒ니觸目生愁之感이能無乎今日也哉아

○南游感興

傷心欲問前朝事　　日暮東風春草綠
惟見江流去不回　　鷓鴣飛上越王臺

此는南遊越中而作也라傷心哉라前朝事를欲問無處하고但見江水는依舊流去
而不復回하니感歎不已오況又夕陽已盡하고東風春草綠遍於舊宮庭而鷓鴣飛
飛하야上于越王臺則宮女如花滿春殿을今不可見矣로다上二句는言前朝事付
之東流水也오下二句는言越王臺之荒涼而草綠鳥飛ㅣ無非感傷處也라

○宮中詞　王建

先皇行處不曾過　　如今池底休鋪錦
魚藻宮中鎖翠娥　　菱角雞頭積漸多

此亦懷古之詩也라昔에隋煬帝宮樹彫落이면剪綵爲花葉하며爲菱芡하고帝ㅣ
月夜에從宮女數千騎하고作淸夜遊曲하야馬上奏之러니今見其宮하니翠眉紅
粧之宮女不知去處하고如今池底에尙有菱角雞頭之多積則不必鋪錦耳라上二
句는言魚藻宮之宮娥ㅣ先皇之行處에不曾過也오下二句는言當年에以綵爲菱

茨호야沉於池底者ㅣ尙有積多云也라

○又

金吾除夜進儺名
畫袴朱衣四隊行
院院曉燈如白日
沉香火裏坐吹笙

此는驅疫鬼者也라古有進儺之例故로隋行此例호야十二月晦日夕에金吾官員이率儺而進홀식服色은穿畫袴호며衣朱衣호고四隊成行호야面目之廣瞠과形容之凶獰이使人有畏厭之心則瘟疫鬼를可以驅逐이라호야有此雜戲耳라緣渠十六宮院에曉天燈燭이光明이如白晝而焚沉香호야靑烟繞繚之中에梨園樂工의吹笙之聲이不絶耳라上二句는言儺隊行列也오下二句는言宮院이明燭達夜而吹笙於沉香火中也라

○又

避暑昭陽不擲盧
井邊含水噴鴉雛
宮中盡日無呼喚
楊得滕王蛺蝶圖

此는避暑而不擲商陸호고又向井邊호야含水而噴鴉之雛호며還向宮中호야盡
日無呼喚而閑無事호야展膝王之蛺蝶圖호고以紙墨으로摸得其圖호니此는宮
娥之事也라上二句는言商陸을不擲而以井水噴鴉雛也오下二句는言閑中無事
호야摸出蛺蝶之圖也라

○又

樹頭樹尾覓殘紅　　自是桃花貪結子
一片西飛一片東　　錯教人恨五更風

此는有惜春之情故로樹之頭尾에或有殘紅일가호야詳細尋覓則只是隨風호야
一片은西飛去호고一片은東飛去호야全無一點紅片而綠葉成陰之中에結實之
桃團團懸懸호니五更風을錯敎人而爲恨也로다

○又

金殿當頭紫閣重　　太平天子朝元日
仙人掌上玉芙蓉　　五色雲車駕六龍

此는擬唐人元旦宮詞也라唐有朝元閣ㅎ야天子元朝에朝上帝之所라有兩柱極
高數丈이오上有金仙人ㅎ야捧芙蓉盤ㅎ야以承天露ㅎ고六龍은天子所居니易
에云時乘六龍以御天也라ㅎ고五色雲車는言天子鑾輿光華燦爛이오至尊下九
重之上也라○宋林洪字는夢屏이니莆田人이라有宮詞百首에選其二首라

○其二

殿上袞衣明日月
硯中旗影動龍蛇
縱橫禮樂三十字
獨對丹墀日未斜

此는言天子臨軒策士也라袞衣는天子之服也라○入朝對策時에得瞻仰天顏이
如日月之明也오對策于丹墀ㅎ니侍衛旌旗之影이搖動于硯水之中이如龍蛇之
動也라縱橫禮樂은言對策于君前에所言이皆禮樂刑政之大綱이니其字三千之
言이라獨對于丹墀之下ㅎ야文成而日未斜也라宋時에有時薦之科ㅎ야對策稱
旨者는特賜進士及第故로曰獨對라

○唐昌觀玉蘂花

一樹籠葱玉刻成
飄廊點地色輕輕
女冠夜覓香來處
惟見階前碎月明

此는子厚ㅣ見此玉藥花而作也라獨樹籠葱而潔白이如刻玉而造成ᄒ고花片飛
時에或飄拂于廊ᄒ며或點落于地ᄒ야白色이輕々而飛라女冠이夜來ᄒ야覓花
香之來處ᄒ니階前에惟見碎月之明而已라

○綺繡宮

玉樓傾側粉墻空　　武帝不來紅袖盡
重疊靑山繞故宮　　野花黃蝶領春風

此亦懷古而作也라入綺繡宮則白玉樓는東傾西側而環繞之粉墻은空虛而疊疊
重重之四內靑山은繞圍于古宮殿而已라樓臺如此頹圯荒落而當年行樂之武帝
는而今에安在哉오不復來ᄒ고歌舞之紅袖之佳人이亦不知何處去了ᄒ니野花
自開於宮庭ᄒ야關々黃蝶이飛飛于花ᄒ야只自管領春風而已라上二句는言宮
殿傾而靑山繞也오下二句는言帝不來而佳人盡ᄒ고只有花蝶春風也라

○江陵使至汝州

回看巴路在雲間　　日暮數峰靑似染
寒食離家麥熟還　　商人說是汝州山

此는至汝州之道中也라巴路遼遠ᄒ야在於雲間而寒食節에離發家中麥熟之時
에回還이라日暮之中에數峰의青色이似染ᄒ니商人이指此峰曰彼數峯青者는
汝州山云耳라○寒食之於麥熟之時가不過三朔間耳라

○華清宮

酒幔高樓一百家
宮前楊柳寺前花
内園分得溫陽水
二月中旬已進瓜

此는唐之華清宮也라宮前有楊柳ᄒ고寺前有花ᄒ야青青之色과紅紅之彩ㅣ相
映矣라内園에溫陽溫水를分灌之ᄒ야仲春中旬에已進瓜耳라上二句는言華清
宮之花柳也오下二句는言華清宮之内園溫水에瓜己生長ᄒ야進之也라○華清
宮은驪山溫泉宮이니太宗所建이오玄宗이改名華清ᄒ고又於其間에起老君殿
ᄒ고左는朝元閣이오右는長生殿이라

○逢賈島
張文昌

僧房逢着欵冬花
出寺行吟日已斜
十二街中春色徧
馬蹄今去入誰家

島ㅣ初爲僧ㅎ고後擧進士ㅎ야不合於時ㅎ야鬱鬱不得志라以歎冬花로比島之
能耐歲寒也라謂島ㅣ出山而行吟은將有所適이나奈日已斜矣니能無遲暮之感
이리오京城에有十二街衢ㅎ니並屬時貴所居ㅎ야如春色之偏ㅎ니彼歎冬花者
ㅣ豈能投合乎아馬蹄雖去나今無愛此歎冬花者而又將誰人乎아所以深嗟賈島
之不合時也라

○送蜀客

蜀客南行聽碧鷄
木綿花發錦江西
山頭日晚行人少
時見猩猩樹上啼

此는送別蜀客也라言蜀中之客이南行則必聽碧鷄ㅎ고又有木綿花ㅣ盛開于錦
江之西矣라日已晚於山頭而行路之稀少則猩猩之群이啼于樹上ㅎ야可謂聽猿
賓下三聲淚者ㅣ此也라○漢武帝時에方士云蜀有金馬碧鷄之神ㅎ야可致라ㅎ
니今此聽碧鷄則非神也오或生鷄耶아未可解也라

○與賈島閑游

水北原南草色新
雪消風暖不生塵
城中車馬應無數
能解閑行有幾人

此는閑游而作也라水之北과原之南에向陽之地에甲坼之草ㅣ軟綠而積雪이消融ᄒ고春風이溫暖ᄒ야塵不生矣라此는早春之景也라試問城中에高車白馬로富貴繁華之人이也應不知其數而能解閑行이如吾兩人者ㅣ有幾箇人乎아此所謂朱門雖富나不如貧者也라

○寄李渤

五度谿頭躑躅紅　　嵩陽寺裏講時鍾

春山處處行應好　　一月看花到幾峰

此는作詩而寄也라五度谿之頭에躑躅之花ㅣ正開爛紅ᄒ고嵩陽寺裏에講時之鍾을行山之際에必聽之矣라春風山中에到處無非芳菲ᄒ야登臨之好와翫賞之興이最多矣리니一月之間에看花之行이行盡幾峰耶아○五度谿는此是谿名也오非是五次過谿也라躑躅은東方所謂철쥭이니百花ㅣ飛盡ᄒ고綠葉成陰之後에始乃放紅者也라嵩陽寺는寺名也라言李渤이看躑躅花紅而登臨春山이必費了一月而到了幾箇峰頭耶아

○秋思

洛陽城裏見秋風　復恐忽忽說不盡
欲作家書意萬重　行人臨發又開封

此는言久客於洛陽而正值秋風하니故鄉之思ㅣ倍於他時하고適有故鄉之便人하야欲裁家書而意中千緒萬端이不知其幾重矣라家書를堅緘以給而復思之曰緣於忽忙하야恐或有不盡之說하야便人이臨發之際에家書封을又開而看之하니客中人情이安得不然乎아此四句는描得客情이切緊也로다

○感春

遠客悠悠任病身　明年各自東西去
誰家池上又逢春　此地看花是別人

此言遠方之客이客中에任病於身而誰家池上에又逢春色耶아明年에東西散去則此地看花人은必是他人矣ㅣ라上二句는言此地為客而病且逢春하니安得無感傷之懷耶아離此地則又於誰家에逢春耶아下二句는言不知明年又在何處而各自東西去則此地春色이如今日而看花者는必是他人也ㅣ리라

○蠻中

瘴水蠻中入洞流
人家多住竹棚頭
一山海上無城郭
惟見松牌記象州

此는言蠻中風俗也라瘴水ㅣ入洞流는言蠻中之地形也오人家ㅣ多住竹棚頭는
言蠻中之風俗也오一山海上에無城郭은言蠻中之無城郭也오松牌에記象州는
以松爲牌호야記之曰象州ㅣ라호니惟見者此而已라統論蠻中之地形과風俗과
城郭과松牌耳라

○閑行

老身不計人間事
野寺秋晴每獨過
病眼較來猶斷酒
却嫌行處菊花多

此는老人이無事而閑行也라言顧此衰老之身이人間之事는都不計호고秋天이雨
晴風涼而野寺中에獨行經過耳라然黃菊花ㅣ開遍호야每欲把酒나然이나却恐
病眼之有妨호야不得飲酒故로行處菊花之多를心却嫌之耳라上二句는言閑行
之意也오下二句는言病不飲酒之難也라

○春別曲

長江春水綠堪染
荷葉出水大如錢
江頭橋樹君自種
那不長繫木蘭船

此는當春而別故로曰春別曲이라言長江之春水一綠色이宛若染點浮於水面者一形如錢이라江頭橋에所種之樹는君是昔年에手植之樹而今已長大호야可以繫船이어늘一自君去後에更不歸此호야木蘭船을何不長繫耶아思君之心이見物感傷矣니惟願遄歸호야繫船于彼樹을予曰望之호노라

○成都曲

錦江近西春水綠
新雨山頭荔枝熟
萬里橋邊多酒家
游人愛向誰家宿

此는覽成都之景而作也라言錦江春色逐人來而近西則春水一鴨頭綠호야宛若染色호고新雨初晴而山頭之荔枝樹는實已熟矣라賣酒之家一多住於萬里橋邊而靑帘이飃揚于風호니當春游人이今夜에向誰家而宿乎아호니成都에必多豪放自得之輩故로云然也라上二句는言江湖之勝與荔枝之熟也오下二句는言橋

邊에 多酒家ᄒᆞ고 亦遊子之豪蕩이 最多也라

○寒塘曲

寒塘沉沉柳葉踈
水暗人語驚栖鳧
舟中少年醉不起
持燭照水射游魚

此ᄂᆞᆫ夜游於寒塘而作曲也라言當此秋風ᄒᆞ야塘邊之柳葉이落而踈ᄒᆞ고人語之聲에栖林之鳧ㅣ驚飛ㅣ라舟中之少年이醉酒不起ᄒᆞ고持其燭而照水ᄒᆞ야射得游泳之魚ᄒᆞ니此亦夜游之興味也라上二句ᄂᆞᆫ言寒塘之景而言人語爲鳧驚也오下二句ᄂᆞᆫ同遊之人이沉醉而臥ᄒᆞ고持燭射魚也라

○山禽

山禽毛如白練帶
棲我庭前栗樹枝
獼猴半夜來取栗
一雙中林向月飛

此ᄂᆞᆫ以山禽으로爲題而吟也라毛如白練之山禽이來棲于庭前栗樹則棲不過一枝어ᄂᆞᆯ何必於此에托身耶아有若依托于我而翺翔其間故로曰以觀之ᄒᆞ야心乎

愛矣러니獺猴取栗之計로升于栗樹則樓居之山禽이向明月而雙飛ᄒᆞ니可憎者ᄂᆞᆫ獺猴也로다以人事로比之ᄒᆞ면暗君之虐民과墨吏之浚民이何以異於山禽之失樓乎아

○涼州詞

邊城暮雨鴈飛低
蘆笋初生漸欲齊
無數鈴聲遙過磧
應駄白練到安西

此ᄂᆞᆫ涼州之景也라言邊城暮雨ㅣ霏霏而下ᄒᆞ고鴻鴈은飛飛低下ᄒᆞ고蘆笋之初生이漸漸欲齊ᄒᆞ니覽此景에成邊之征客이覽此에孰不感傷乎아鈴聲이無數而遙遙過磧則應是駄白練而到安西耳라

○又　劉夢得

鳳林關裏水東流
白草黃榆六十秋
邊將皆承主恩澤
無人解道取涼州

樂府에涼州宮詞曲은開元中西涼府都督郭知運所進也라ᄒᆞ고西域記에龜玆國王이與臣庶知樂者로於大山에開聽風水之聲ᄒᆞ고約節成音이러니後翻入中國

ᄒᆞ야 如伊州涼州甘州ㅣ皆龜茲之境也ㅣ라 一云涼州ᄂᆞᆫ即漢月支國이니武帝ㅣ置酒泉郡武威張掖이오後魏曰涼州ㅣ니玉門關이即在此處ㅣ라ᄒᆞ니라○此ᄂᆞᆫ言鳳林關裡水東流則歲月迅速之謂也오白葦黃楡六十秋則於邊城에將卒이勞苦而閱盡六十秋之謂也오邊將이皆承主恩澤則在邊에積年有戰功者ㅣ皆承恩澤而褒顯之謂也오無人解道取梁州則自歎言何人取梁州而爲國盡忠乎아邊將이皆被國恩而取梁州者ᄂᆞᆫ無一人耳라

○自朗州至京戲贈諸君子　劉禹錫

紫陌紅塵拂面來　無人不道看花回

玄都觀裡桃千樹　盡是劉郎去後栽

朗州ᄂᆞᆫ今常德府라陌上塵起ᄒᆞ야見喧闐嘈雜之狀이拂面而來ᄒᆞ니言當面遇着也라看花回ᄂᆞᆫ言花多而看花者衆ᄒᆞ니猶新貴多而趨之者ㅣ衆이라玄都觀은在西安府城內崇業坊이라栽桃者ᄂᆞᆫ道士也라以比栽新貴者ㅣ執政也라自劉郎去後로而新貴滿朝矣라此詩ㅣ語涉譏刺ᄒᆞ야執政이見而惡之ᄒᆞ야復出爲連州剌史ㅣ라

○再遊玄都觀

百畝庭中半是苔　種桃道士何處去
桃花净盡菜花開　前度劉郎今又來

庭曰百畝則知殿宇已廢ᄒᆞ야一望蕩然矣라徑無人行則苔生ᄒᆞ니半是苔則知桃樹無存而看花者ㅣ俱不復來矣라桃花净盡은百畝庭空ᄒᆞ고苔生滿砌ᄒᆞ야千桃已盡ᄒᆞ야去得乾净이라菜花開ᄂᆞᆫ野菜花也라其自序에云惟見兎葵燕麥이動搖於春風이라ᄒᆞ니即菜花類也라種桃道士歸何處ᄂᆞᆫ猶言執政이栽培新貴러니今新貴ㅣ已盡而執政이復安在哉오則當時之勢焰이亦何憑也오前日劉郞이在京ᄒᆞ야只爲看花一詩ᄒᆞ고連遭貶抑이至今十四年에復又到此看花而種桃人이先不在矣니所以深嘲舊執政輕薄之詞也라

○烏衣巷

朱雀橋邊野草花　舊時王謝堂上燕
烏衣巷口夕陽斜　飛入尋常百姓家

在今江寕府南ᄒᆞ야晋謝安斗王導ㅣ居此巷ᄒᆞ야其子弟ㅣ皆烏衣故로名이라

昔時에王謝門第一이在此橋之左右ᄒᆞ야何等顯耀ㅣ러니今橋邊에且徧生野草花
矣라巷口에無人ᄒᆞ고惟見夕陽이慘淡而已라必云巷口者는朱雀橋ㅣ在巷口也
라舊時二字는極寓感慨嘲笑ᄒᆞ니盖王謝勢位ㅣ隆盛之舊時ᄒᆞ되實指當時執政
이威權赫奕之舊時也라堂前燕은王謝堂前에世人이趨承獻媚之所也니得以依
托捿附ㅣ何異鶯子리오何意王謝旣衰에其堂이亦毁ᄒᆞ야燕亦無所安身矣라百
姓家與王謝堂이奚啻天淵이리오況加尋常二字則更屬不堪矣라燕無所托ᄒᆞ야
只得飛入ᄒᆞ니非但燕子ㅣ掃興而舊時王謝ㅣ何以爲情哉리오

○石頭城

山圍故國周遭在　　　　淮水東邊舊時月
潮打空城寂寞回　　　　夜深還過女墻來

石頭城은因山爲城故로曰山圍故國이니指吳言이라周遭는城之四邊也ㅣ라在는
謂國猶是也而城已空ᄒᆞ야有無限感慨意라石頭城이臨江故로被江潮來打ᄒᆞ야
潮來有聲ᄒᆞ고潮回則空城이寂寞矣라石城東에有秦淮水而月亦自東而升ᄒᆞ니
但恐舊時之月이與今時之人으로不同耳라舊時二字ㅣ最重이라一首詩ㅣ只是感
舊耳라若論今時人이면好盛惡衰ᄒᆞ야來此空城ᄒᆞ야作甚而舊時月은雖至夜深

寂寂이나不厭空城호야還過女墻而來則月之不忘舊深矣라此는夢得이寓言호야所以譏刺新進호야語似傷時ㅣ라

○聽舊宮人穆氏歌

曾隨織女度天河　記得雲間第一歌
休唱貞元供奉曲　當時朝士已無多

此는德宗宮人穆氏而歌之於今日也라言此宮人이隨織女度天河而曾得第一曲也러니今日에以感舊로偶爾發歌ㅣ라貞元年間供奉曲은休唱之호라當時朝士ㅣ凋零已盡호야所餘者ㅣ不多ㅣ라上二句는言穆氏故事也ㅣ오下二句는言休唱貞元中歌也라

○與歌者何戡

二十餘年別帝京　重聞天樂不勝情
舊人惟有何戡在　更與殷勤唱渭城

此는歌者를作詩以與之라言我ㅣ一別帝京이于今二十餘年矣러니今日에聞天上之舊歌호니不勝感傷之情而到今思之컨디舊人이惟有何戡호야與之唱渭城

ㅎ니更切懃懃也라上二句는寓之以自歎之詞也오下二句는言惟有舊人之何勘也라

○蹋歌詞

春江月出大堤平
堤上女郎連袂行
唱盡新詞懽不見
紅霞映樹鷓鴣鳴

此는女郎이蹋而歌之之詞也라言夜月이出於春江天則靄靄之中에光彩ㅣ可愛而大堤上에女郎이連袂而行ᄒ야唱盡新詞ᄒ니淸妙之曲이足以懽心이나然이나不可近見이오只是紅霞映樹鷓鴣鳴而已니春夜에以卽景으로紅霞鷓鴣는必未有也오此或女郎歌曲中에有之者歟아未可的知也로다

○竹枝詞

山桃紅花滿上頭
蜀江春水拍山流
花紅易衰如郎意
水流無限似儂愁

竹枝詞는即歌曲也라滿山桃花ㅣ오春水拍山ᄒ야桃花之紅이易衰者는如郎意

之易衰ㅣ오春水之流ㅣ無限者는如我愁之無限이니此亦男女相戲之意也라○

竹枝歌는巴渝之遺音也ㅣ니惟峽山이善唱이라劉禹錫竹枝詞序에建安里中兒

ㅣ聯歌竹枝ᄒᆞ며吹短笛擊鼓ᄒᆞ야以赴節이라

○又

瞿塘嘈嘈十二灘　　長恨人心不如水

此中道路古來難　　等閒平地起波瀾

此는巴渝之地라言上二句는道路ㅣ自古險峻ᄒᆞ야瞿塘이分十二灘이라下二句

는惟彼人心은反不如水ᄒᆞ야起波瀾於平地라言瞿塘이地險이如彼而人心甚於

瞿塘ᄒᆞ야自歎之詞也라

○又

山上層層桃李花　　銀釧金釵來負水

雲間烟花是人家　　長刀短笠去燒畬

此는峽中人家之象也라言春來則山上層層之石間에桃花李花ㅣ爛發ᄒᆞ야春色

增訂註解七言唐音　七四

이可愛오烟花繞於白雲間者는乃是山中之人家也라此人家之人이女爲井臼之
役호고男爲稼穡之業이나然이나猶有盛飾侈麗之風호야銀釧을穿于臂호며金
釵를橫于首者는貧水之女也오長刀를垂于腰호며短笠을戴于頭者는燒畬之男
也니山中風俗이或有如此者耶아只以歌曲으로述之耶아未可强解耳라

○又

楊柳青青江水平　東邊日出西邊雨
聞郞江上唱歌聲　道是無情還有情

此는竹枝詞四篇之終也라江水ㅣ平鋪호고楊柳는青青嫋嫋호야拂于江頭而忽
聞唱歌聲則乃是郞也라東邊에日出호고西邊에雨下호니無情을是道ㅣ나還爲
有情者也라上二句는言景色佳而聞歌也ㅣ오下二句는言以東日西雨로比之於
男女之情而以無情有情으로反覆之也라

○楊柳枝詞

華藟樓前初種時　如今抛擲長街裡
美人樓上鬪腰肢　露葉如啼欲恨誰

此亦懷古之詞也라昔日隋國全盛時에楊柳를初種於華萼樓之時에樓上美人이以其腰肢之細ㅣ與楊柳枝之細로相鬪而比較之矣러니今則長街裏에楊柳老衰而抛擲之ᄒ고葉이濕露ᄒ야宛如啼泣而恨之를爲誰耶아不見古人爲恨而草木이猶爲人愛者也로다上二句는言當年種柳之時也오下二句는言柳之抛擲而葉露如啼也라

○又

煬帝行宮汴水濱　數株殘柳不勝春
晚來風起花如雪　飛入宮牆不見人

煬帝ㅣ植柳汴宮ᄒ고謂之柳塘이니柳最盛이라天子ㅣ行在所를名曰行宮이라柳僅數枝는衰颯已見이오綠凋殘柳ㅣ春又無多ㅣ라晚風吹絮ᄒ야如雪旋飄ᄒ니卽使宮牆有人이면猶自暗傷春去ㅣ라不見人은宮牆이尙在호ᄃ宮中無人ᄒ야即柳花飛入ᄒ니誰人見來에廢興之感이不勝浩歎이라

○阿嬌怨

望見葳蕤舉翠華　試開金屋掃庭花
須臾宮女傳來信　言幸平陽公主家

阿嬌丨望帝之幸故로遠望見薉莪而知翠華擧處ᄒ고遂疑其來幸也丨라翠華ᄂ

旗名이니以翠羽爲葆曰薉莪丨니南都賦에望翠華兮薉莪라望見薉莪將近ᄒ고

試去開殿ᄒ고掃花ᄒ야以迎帝駕ᄒ니恐其卽來丨오又恐其不來故로用試字ᄒ

니言試開屋ᄒ고試掃一掃ᄒ야看是如何動靜이라須臾ᄂ不多時也丨라殿繞開花

初掃라傳來信은宮中打探者丨遞傳信息而來라言之可慨니有不忍言而又

不敢不言之意니武帝之寵衛子夫也에子夫ᄂ由平陽公主所進則是平陽公主ᄂ

阿嬌에所最嫉者라今帝不來幸은尚可言也어니와偏幸平陽公主家ᄂ不可言矣

라篇中에不言怨而字々丨怨入骨髓丨라

○登樂遊原　杜牧之

長江澹澹孤鳥沒　　看取漢家何似業

萬古銷沉向此中　　五陵無樹起秋風

此ᄂ登樂遊原ᄒ야懷古而作也라望見澹澹長江之中에孤飛之鳥ᄂ出沒ᄒ니萬

古事丨銷沉此中ᄒ니感懷ᄅ曷禁이리오漢家之事業四百餘年을或盛或衰矣러

니今來何似오漢之五陵에無松柏之樹而蕭蕭秋風起而已라千載之下에令人無

曠感之懷耶아

○漢江

溶溶漾漾白鷗飛　南去北來人自老

綠淨春深好染衣　夕陽長送釣船歸

此ᄂᆞᆫ渡漢江而作也라江水溶溶漾漾ᄒᆞ야浩無涯而白鷗ㅣ飛去飛來ᄒᆞ니可謂江
碧鳥愈白者也라水之綠淨春深ᄒᆞ야可以染衣之好也라自歎言浮生이南北去來
ᄒᆞ야自老於奔忙驅馳之中ᄒᆞ니夕陽에每送釣船而歸耳라上二句ᄂᆞᆫ言江中之景
也오下二句ᄂᆞᆫ言自歎自歎之事也라

○泊秦淮

烟籠寒水月籠沙　商女不知亡國恨

夜泊秦淮近酒家　隔江猶唱後庭花

秦淮ᄂᆞᆫ今江寧府淮清河라烟水色靑故로烟籠
이오月沙色白故로月籠이라此夜
에泊秦淮景色이라近酒家ᄂᆞᆫ酒家臨水ᄒᆞ야泊舟近酒家而歌聲이飄逸所從來矣
라商女不知ᄂᆞᆫ商女ㅣ止知唱曲ᄒᆞ고安知曲中有恨이리오杜牧이隔江聽去에知
玉樹後庭花曲이乃陳後主亡國之音ᄒᆞ고觸景生悲ᄒᆞ야便有無限興亡之感이라

○赤壁

折戟沉沙鐵未銷
自將磨洗認前朝
春風不與周郎便
銅雀春深鎖二喬

吳魏ㅣ鏖兵하야赤壁所遺之折戟이沉於沙際하니唐去吳ㅣ日子未遠故로其鐵이尚未消磨ㅣ라自將折戟磨洗一認하야信是魏武ㅣ敗於周郎而前朝之遺跡이宛然이라夫周郎이何以遂能勝魏ㅣ리오似乎難信하야所以要認이라周郎之所以勝魏者는特有東風之便하야所以得成功於火攻이어늘今乃反其說하야假如當日에沒有東風則是無便可乘了ㅣ라周郎이若無東風之便이면不但不能勝魏ㅣ라恐江東이必爲魏破하야妻子不保하야大喬小喬ㅣ春深時에貯在銅雀臺上矣리니此以議論行時者ㅣ라杜牧이精於兵法하야此詩ㅣ似有不足周郎處ㅣ라

○秋夕

銀燭秋光冷畫屏
輕羅小扇撲流螢
天階夜色涼如水
臥看牽牛織女星

此亦宮怨之詞也라當此秋夕ㅎ야銀燭煒煌而秋光이오晝屏透迤而秋冷ㅎ니宮中之人이手持羅扇ㅎ야撲之流火之螢ㅎ니此亦消愁一事ㅣ라天階夜色이寒涼이如水ㅎ야良覺秋夜之氣라於是에臥於珠簾之內ㅎ야仰看牽牛織女ㅎ고自歎於心日彼牛女星은各在河漢之東西ㅕ年年이當七夕則猶有一會之期而如我薄命은獨居含恨而已라

○宮怨

監宮引出暫開門　銀鑰却收金鎖合
隨側雖朝不是恩　月明花落又黃昏

宮人이鎖閉長門ㅎ고亦有出來朝君之例ㅎ야必湏監宮者ㅣ引出ㅎ야以其閉門是常故로開門이只是暫時耳라此時에雖暫得近天顏이나宮人意中에不無希寵望恩意라不是恩은誰知此朝也ㅣ不過隨例而已리오非有特恩也ㅣ라旣不是恩이니定湏是成怨矣라宮人이寂守ㅎ야不覺開門ㅎ고後反句動愁腸ㅎ니奈何오朝罷에依舊入門ㅎ고監宮이却收了銀鑰ㅎ고合上金鎖ㅎ야此際之情이比不出宮中更慘ㅎ니此門一入이면又不知何日에再得出來也라閉門之後에欲睡不睡ㅎ고只見滿宮明月과空庭落花ㅣ是向日受慣之凄涼而今又依然在此矣라說至此에

字字怨入骨髓라

○寄楊州韓綽判官

青山隱隱水迢迢
秋盡江南草木凋
二十四橋明月夜
玉人何處敎吹簫

一統志楊州二十四橋는在府城ᄒᆞ니隋置並以城門坊市로爲名ᄒᆞ고後에韓令坤이築州城ᄒᆞ고別立橋梁ᄒᆞ니所謂二十四橋者ㅣ不可考矣라上二句는言山隱隱水迢迢ᄒᆞ고江南에秋盡而草木皆凋落이라下二句는言二十四橋明月之夜에玉人이何處에敎之以吹簫乎아

○送隱者

無媒徑路草蕭蕭
自古雲林遠市朝
公道世間惟白髮
貴人頭上不曾饒

此는杜牧之送隱者之詩也라言無媒之徑路에草自蕭蕭而隱居之雲林이遠隔市朝之間은自古然矣라白髮者는世間之公道也故로不拘貴賤ᄒᆞ고均是一樣子ㅣ

니非徧及于貧賤人이오曾不以富貴人而饒之호야至公無私故로曰公道云耳라

上二句는言隱者之栖息이오下二句는言貴人之不饒也라夫隱者는念絶榮途호

고樓息於雲林之間호야經世高尙이라

○將赴吳興登樂遊原

清時有味是無能
閑愛孤雲靜愛僧
欲把一麾江海去
樂遊原上望昭陵

吳興은牧이爲湖州刺史ㅣ라昭陵은唐太宗이因九峻山爲陵호니在醴泉北五十里라言淸淨閑居時에丹田이無物累之交侵이나反是無能者로同然호고閑則愛其孤雲호며靜則愛其山僧이라今日에把一麾而欲去江海호야樂遊原上에登臨호야望昭陵耳라上二句는言淸時之事也오下二句는言望昭陵之志也라

○江南春

千里鶯啼綠映紅
水村山郭酒旗風
南朝四百八十寺
多少樓臺烟雨中

此는言江南春色之麗也라十里鶯啼ᄒᆞ고園林相接ᄒᆞ야紅綠相暎而水村山郭에旗亭酒肆ㅣ相望而鱗次라南朝ㅣ自梁時로大興佛僧寺四百八十寺러니迄今에猶盛樓臺殿宇之多와烟林花雨之景而六朝佳麗宛然猶在目前也라上二句는言景光之勝과酒肆之多也오下二句는言南朝寺刹之盛也라

○懷吳中馮秀才

長洲苑外草蕭蕭　却筭遊程歲月遲
惟有別時今不忘　暮烟秋雨過楓橋

此는懷馮秀才而作也라言長洲苑外에秋草蕭蕭則算計周遊之道程則良覺光陰之遲久也라回思離別之時ᄒᆞ야迄今不忘者는暮烟凝ᄒᆞ고秋雨霏而過於楓橋也라上二句는言遊程之許久也오下二句는言別時之景也라

○齊安郡後池

菱透浮萍綠錦池　夏鶯千囀弄薔薇
盡日無人看微雨　鴛鴦相對浴紅衣

此는見池中之景而作也라當此夏節ᄒ야菱透浮萍ᄒ고鶯轉於薔薇而盡日無人到ᄒ고微雨霏々中에鴛鴦이浴紅衣而相對ᄒ니池塘之景이閑幔有趣味耳라上二句는言鶯轉有聲ᄒ야可以消寂이오下二句는言鴛鴦이浴水ᄒ야可以寓興이ᄂ니此乃是夏日池塘閑暇之景物耳라

○題城樓

鳴軋江樓角一聲
微陽瀲瀲落寒汀
不用憑欄苦回首
故鄉七十五長亭

此는登城樓而感懷也라言角一聲이於江樓에聞之ᄒ니不勝思故鄉之愁而見依微之陽이瀲瀲이落於寒汀ᄒ니客懷尤倍悲感ᄒ야故鄉之道路ㅣ有七十五長亭則山川之遠을可知而假令三十里에有長亭이면七十五長亭의里數가二千二百五十里矣니憑欄回首於故鄉이나何可望之乎아此歎之之詞也라

○龍池　　李義山

龍池賜酒敞雲屏
羯鼓聲高衆樂停
夜半燕歸宮漏永
薛王沉醉壽王醒

此는燕龍池也라鞨鼓는玄宗이偏好之ㅎ고謂內侍曰速令花奴로持鞨鼓來ㅎ야
爲我解穢ㅎ며或自擊鞨鼓也라宴於龍池而衆樂은停止ㅎ고只有鞨鼓之聲而已
라夜半罷燕而歸則宮中之漏水ㅣ尙永ㅎ고薛王은沉醉ㅎ야尙在昏昏ㅎ고壽王
은醉已醒矣라上二句는言設宴之樂也오下二句는言罷宴而歸也라

○瑤池

瑤池阿母綺牕開
黃竹歌聲動地哀
八駿日行三萬里
穆王何事不重來

黃竹은穆天子傳에天子乃休日中에大寒ㅎ야北風雨雪에有凍人이어늘天子ㅣ
作詩三章以哀之曰我徂黃竹負閔寒이라ㅎ고史要云穆王이宴瑤池에王母有白
雲黃竹謠ㅣ라ㅎ니라上二句는言綺窓開而黃竹歌也오下二句는言日行三萬里
之八駿馬ㅣ有之어늘穆王이不來ㅎ니緣何事而然也라

○咸陽

咸陽宮闕鬱嵯峨
六國樓臺艷綺羅
自是當時天帝醉
不關秦地有山河

咸陽은嬴秦之都也라秦始皇이滅六國呑二周後에乃於大宮庭ᄒ야先作阿房前殿ᄒ시上可以建五丈旗ᄒ니宮殿之壯麗未有盛於此時라咸陽之宮闕은嵯峨而挿天ᄒ고六國之樓臺에綺羅之艶色이러니然이나不修德政而尙侈尙刻ᄒ야自是로天帝醉ᄒ야不關秦國之有山河則乃至於敗亡ᄒ니豈非人君之鑑戒乎아

○漢宮詞

青雀西飛竟未回　　侍臣最有相如渴
君王長在集靈臺　　不賜金莖露一盃

此ᄂ言求仙之虛誕也라青雀은即青鳥ᅵ니西王母之使ᅵ라相傳漢武帝會ᄒ야西王母許以三年後復來러니其後에竟未回ᄒ니是ᄂ神仙이無驗矣라武帝ᅵ建集靈望仙諸臺ᄒ고帝ᅵ長在臺ᄒ야以候其來라司馬長卿이有消渴之疾ᄒ고既侍武帝則仙人이豈不能醫리오帝取雲表露ᄒ야和玉屑以飲之ᄒ야求長生ᄒ니露果有驗이면何不賜一杯於相如ᄒ야以愈其疾耶아病且不愈而安望成仙이리오是日에憲宗이服金丹暴崩ᄒ고穆宗이復蹈前轍故로義山이作此詩ᄒ야以寄諷諫이라

○吳宮

龍檻沉沉水殿淸　　吳王宴罷滿宮醉
禁門深掩斷人聲　　日暮水漂花出城

此는以吳宮으로爲題而作也라言吳宮之水殿이淸凉ᄒᆞ고畫龍之檻이沉沉ᄒᆞ며九重之禁門이深深掩鎖ᄒᆞ야人聲이斷絕이라此時에吳王이罷宴而滿宮之人이方在醉鄕ᄒᆞ고西日이已暮而花浮於水ᄒᆞ야泛泛而出宮城이라此ᄂᆞᆫ見吳宮感古而似亦有諷諫於當時者然이나未可知也로다

○賈生

宣室求賢訪逐臣　　賈生才調更無倫
可憐夜半虛前席　　不問蒼生問鬼神

史記에賈生이徵見ᄒᆞ시孝文帝方受釐坐宣室이러니上이因感鬼神事而問鬼神之本ᄒᆞ디賈生이因具道所以然之故ᄒᆞ야至夜半ᄒᆞ니文帝前席을既罷曰吾久不見賈生ᄒᆞ야自以爲不過之러니今不及也로다賈誼가得寵ᄒᆞ야一歲中에超遷至太中大夫ᅵ러니大臣以年少로多短之ᄒᆞ야爲長沙太傅矣라此時에帝徵見而不

問蒼生而不問鬼神則文帝何以惑於鬼神耶아上二句는言帝之求賢訪逐臣及賈生
之才調也오下二句는言夜半前席에不問治民之策ᄒ고但問鬼神之本ᄒ니是可
慨也已라

○四皓廟

本爲留侯慕赤松　　蕭何徒解追韓信
漢庭方識紫芝翁　　豈得虛當第一功

此는商山四皓廟에有感而作也라張良이當廢太子之時ᄒ야招此四人故로高祖
曰羽翼已成ᄒ니難動矣라ᄒ야竟不廢太子ᄒ니張良之功을比之於蕭何ㅣ면蕭
何는徒追韓信而已니豈可當第一功乎아上二句는言留侯ㅣ慕赤松故로漢方識
四皓也오下二句는言張蕭兩人之功이一以立儲貳之功ᄒ고一以求干城之才ᄒ
니其功이懸殊也로다

○元和甲午歲除書盡徵江上逐客

雷雨湘江起臥龍　　十年楚水楓林下
武陵樵客躍仙蹤　　今夜初聞長樂鍾

此는憲宗元和甲午也라歲除日에詔書로盡徵江上之逐客이라上二句는言湘江

臥龍이起於雷雨而武陵之樵客이競進於九天宮陛也오下二句는言楚水楓林之

下에送了十載光陰矣러니今夜에初聞長樂鍾聲也라

○有感

非關宋玉有微詞

自是襄王夢覺遲

一自高唐賦成後

楚川雲雨盡堪疑

此는有感而作也라言宋玉之有微詞를非關係라襄王이覺夢이遲緩이라宋玉이

高唐之賦를成後에楚川雲雨盡是可疑者耳라上二句는言非關於宋玉而關於襄

王也ー오下二句는言關於宋玉賦而雲雨堪疑也라

○嫦娥

雲母屏風燭影深

長河漸落曉星沉

嫦娥應悔偷靈藥

碧海青天夜夜心

此는言嫦娥所居之處에繞之以雲母之屏ᄒ고銀燭之影이一半明滅ᄒ야深深而

低ᄒᆞ야夜深을可知오橫天長河ᄂᆞᆫ漸々落下ᄒᆞ고耿耿曉星ᄂᆞᆫ點點沉沒ᄒᆞ니此ᄂᆞᆫ
夜分之景也라此時에姮娥ㅣ應僾藥을懺悔於心ᄒᆞ야在下之碧海와在上之青
天에此心을何以堪抑於夜夜乎아此ᄂᆞᆫ以姮娥로吟咏이나有若寓之以含怨之人
耳라

○宮詞

君恩如水向東流
得寵憂移失寵愁
莫向尊前奏花落
凉風只在殿西頭

此亦宮中之怨詞也라言君王之恩澤이如水東流則失寵之已久에水流雲空者也
라凡人之情이得寵則惟恐移於他人ᄒᆞ고失寵則憂愁弥甚中ᄒᆞ야怨之不已也라尊
前에莫奏花落ᄒᆞ라凉風이只在於殿之西頭耳라此皆怨歎之切至者也로다

○過楚宮

巫峽迢迢舊楚宮
至今雲雨暗丹楓
浮雲盡戀人間樂
只有襄王憶夢中

巫峽ᄋᆞᆫ依舊ᄒᆞ고下有楚宮尙存ᄒᆞ야雲雨ㅣ暗於丹楓ᄒᆞ니浮空之雲이人間樂事

을戀戀不忘故로夢中憶襄王而已라此亦懷古而雲雨朝暮에依俙昔年ᄒ고襄王高唐之遊ㅣ怳如昨而今日安在哉오可謂襄王雲雨今安在오江水東流緩夜聲之意也라

○夜雨寄北

問君歸期未有期　巴山夜雨漲秋池

何當共剪西窓燭　却話巴山夜雨時

君은指所寄之人也라未有歸期則與君으로豈能相聚리오山中夜雨에水漲秋池호야情景凄涼이更屬懷人之候ㅣ라何當은猶言何能이라夜深則剪燭이니共剪西窓之燭은正是談心時候ㅣ라以目下之落寞으로作他時之佳話ㅎ야逆計其必有是境而又不知何日에始有是境也라故로曰何當이라巴山은一在四川保寧府通江縣ㅎ고一在漢中府ㅣ라

○訪隱者不遇

城郭休過識者稀　哀猿啼處有柴扉

滄江白石漁樵路　日暮歸來雨滿衣

此는訪隱者之居而不遇也라言城郭休息에不見識面之人而猿聲이哀淸之中에
有柴扉호니蓼蓼一犬吠桃源이卽此意也라淸江之畔과白石之上에有漁樵之小
徑호야可以通行而日已曛黑之際에纔歸來則雨濕人衣耳라上二句는尋隱之意
也오下二句는言不遇而想像也라

○西亭

此夜西亭月正圓　梧桐莫更翻淸露
踈簾相伴宿風煙　孤鶴從來不得眠

此는西亭之景也라月輪正圓호야光輝滿亭호고踈簾에風煙이伴宿호고庭有梧
桐樹而淸露ㅣ沾濕則莫使翻動호라一隻孤鶴이不得其眠耳라義山이於此夜에
登西亭호야吟其夜色之淸景也라

○月夕

草下陰虫葉上霜　兎寒蟾冷桂花白
朱欄超遞壓湖光　此夜嫦娥應斷腸

此는深秋月夕에登湖上亭호야吟咏夜景이라言朱欄이俯壓湖水之光而明月이

沉璧之靜影과浮光之躍金이有倍清意味호고草間之陰虫이切切호며葉上之霜

光이皓皓호니此亦夜景之清凉也라當此月明霜下之夜호야嫦娥ㅣ必有斷腸之

愁緒矣라上二句는言草虫葉霜과欄頭湖光은登亭之景也오下二句는言兎寒蟾

冷桂花白者는謂月之色而應有斷腸之人耳라

○偶題

水亭閑眠微醉消　水紋簟上琥珀枕

小榴海栢枝相交　傍有墮釵雙翠翹

此亦寫美人之居也라言臨水之亭에閑無事而成眠則面上微醉之痕이己爲消盡
호야偶見小榴之枝와海栢之枝ㅣ互相交接則心中에應有所懷伊人之歎而亭中
所居之華麗璀璨이以水紋으로爲簟호고以琥珀으로爲枕호니令人으로氣清心
爽이라傍有雙翠翹之釵ㅣ墮了席上則閑眠時에必是髣髴影而成此者也로다

○青樓曲

白馬金鞭從武皇　樓頭少婦鳴箏坐

旌旗十萬宿長楊　遙見飛塵入建章

此는言靑樓少婦之夫婿ㅣ白馬金鞍으로從行武皇ᄒᆞ야日月龍鳳之旗와白旄黃
鉞이羅列而行ᄒᆞ야十萬軍兵이宿于長楊矣라樓頭少婦ㅣ鳴箏而坐ᄒᆞ야遙見則
飛塵遮天而入於建章宮ᄒᆞ니必是武皇이自長楊으로入建章也ㅣ니吾之夫婿ㅣ亦
參於軍伍之間耳라此亦望夫之意ㅣ包含于詩中也ㅣ니以是로謂之靑樓曲歟아

○又

馳道楊花滿御溝　金章紫綬千餘騎
紅粧謾綰上靑樓　夫婿朝回初拜侯

此는言馳道에植以楊柳ᄒᆞ야楊花ㅣ隨風而飛飛ᄒᆞ야滿積御溝ᄒᆞ니此乃晩春之
景也라於是에少婦ㅣ謾綰紅粧ᄒᆞ고上靑樓而望之則金章紫綬之千餘騎에夫
婿ㅣ以攻戰之功으로今始拜侯ᄒᆞ니豈不感喜也리오瞻彼春日凝粧之少婦則忽
見楊柳色而悔敎覓封侯ᄒᆞ니彼小婦는感物傷心者也오此少婦는拜侯得意者也
니何其憂喜之懸殊也오

○西宮秋怨

芙蓉不及美人粧　却恨含嚬掩秋扇
水殿風來珠翠香　空懸明月待君王

首言宮人天然花貌ㅣ又加艷麗之粧而芙蓉이不若ㅎ니宜乎君王之來幸也라首
言色ㅎ고次言香而珠翠香則正承上粧字ㅎ니風來而珠翠飄香則芙蓉이拜下風
矣니倩麗ㅣ如此ㅎ야宜乎君王之來幸也라美人之望幸이雖深이나却恨含情難
吐ㅎ고空對着過時之秋扇이棄捐不用ㅎ야只得掩鄧而自傷恩情之中絕ㅎ니怨
甚矣라明月이當秋正好ㅎ되但君王이不至ㅎ니亦是空懸이나然이나猶有待者
ㅎ야心不能忘情於君王ㅎ니不敢絕望也라

○清平詞　李白

雲想衣裳花想容　　若非羣玉山頭見
春風拂檻露華濃　　會向瑤臺月下逢

天寶中에明皇이在興慶池東沉香亭ㅎ야與貴妃로賞木芍藥ㅎ실서命李龜年ㅎ야
持金花牋ㅎ고宣賜李白ㅎ야立進三章ㅎ야龜年이歌之ㅎ고上이調玉笛以倚曲
ㅎ고太眞이笑領歌意라○雲이一頓이오想衣裳이一頓이오花ㅣ一頓이오想容
이一頓이니此는首言唐皇之寵愛妃子ㅎ야若無處得離妃子故로見雲而想妃子
之衣裳艷麗ㅎ고見花而想妃子之容色嬌好也라春風拂檻은承上雲字ㅎ니雲得
風而飄拂ㅎ야以喩妃子之搖曳ㅣ오露華濃은承上花字ㅎ니花得露而鮮妍ㅎ야

以喩君澤之濃厚ㅣ라 山頭見은 愛妃子ㅎ야 無處不是妃子ㅎ니 即在群玉山頭見

雲也ㅣ에 是妃子ㅣ니 若非於此見之리오 月下逢은 即向瑤臺月下ㅎ야

見花而花月이 總是妃子ㅣ라 會向者는 適逢其會ㅎ야 遇着이 即是其人之謂ㅣ라 群

玉山은 西王母所居ㅣ오 瑤臺亦仙境也ㅣ라 出楚辭ㅎ니 因太眞이 曾奉勅爲女冠子

故로 用群玉瑤臺等字ㅎ고 且以喩其爲仙也ㅣ라

○又

一枝濃艷露凝香　借問漢宮誰得似
雲雨巫山枉斷腸　可憐飛燕倚新粧

此는 清平二調也ㅣ라 一枝濃艷은 即花以比妃子ㅣ라 露凝香은 唐皇이 戀色이 猶露

之凝花香而不散也ㅣ라 第二句는 言陽臺神女를 葬於巫山이라 高唐賦에 楚襄王의

夢에 神女日妾은 朝爲行雲ㅎ고 暮爲行雨ㅣ라 枉斷腸字는 笑神女ㅣ 不得如

妃子ㅣ 朝暮於君王而空爲之斷腸耳라 第三句는 言恐楚王神女事ㅣ 近於褻ㅎ야

非所宜比故로 於漢宮에 尋一似者ㅣ라 第四句는 言趙飛燕은 本陽阿主家ㅣ 學歌

舞ㅎ야 漢成帝悅之ㅎ야 召入宮ㅎ고 後에 立爲后ㅎ니 以后로 比貴妃는 是重貴妃

處ㅣ나 然이나 飛燕이 出身微賤而色亦不及太眞ㅎ니 其所倚重者는 新粧耳라 加

可憐二字는正以飛燕이得君寵이似太眞而出身與容色이萬不及太眞하니所以
可憐也라抑飛燕하고以揚太眞은禮也라

○又

名花傾國兩相歡
長得君王帶笑看

此는淸平第三調ㅣ라名花는木芍藥이니卽牧丹也라一枝二頭하야朝碧하며暮黃하며夜粉白하야目爲花奴ㅣ라傾國은佳人이니指妃子也라若太眞은眞傾人國矣라兩相歡은有名花하고無佳人하며有佳人하고無名花ㅣ면俱不爲相歡이어늘今木芍藥과貴妃ㅣ合在一處하야兩不相負하야以盡君歡이라第二句는

解釋春風無限恨
沈香亭北倚欄干

妃子ㅣ看木芍藥하고君王이看妃子之看木芍藥하니不是君王이着花ㅣ라又看妃子也라帶笑는承上歡字來라第三句는言解는解散이오釋은消釋也라從來婦人이多恨而妃子ㅣ尤甚이라今妃子之得君寵이如此하니豈尙有纖毫之恨於春風耶아其所以解恨之故ㅣ在合句見得이라第四句는言沈香亭은以沈香으로爲之하고木芍藥이在闌干之外하야倚闌以觀하야君情이百倍則是此花ㅣ亦能消恨也러니豈知春風이易歇而太眞之無恨이翻爲極恨者ㅣ乃在馬嵬坡耶아○三

章調ㅣ至此章ᄒᆞ야方寫唐皇이同妃子賞木芍藥이라

○聽笛

一爲遷客去長沙　黃鶴樓中吹玉笛
西望長安不見家　江城五月落梅花

此詩ᄂᆞᆫ太白이將謫長沙ᄒᆞᆯᄉᆡ至鄂州ᄒᆞ야黃鶴樓中에作也ㅣ라遷客은謫官遠遷也ㅣ라黃鶴樓에仙人王子安이乘黃鶴而飛昇故로以名樓ㅣ라落梅花ᄂᆞᆫ笛中曲名이라公이爲遷客ᄒᆞ야至此登樓ᄒᆞ야望長安而不見ᄒᆞ고姑弄笛ᄒᆞ야吹梅花一曲ᄒᆞ야以遣懷人ᄒᆞ고又適當五月之時也ㅣ라○樓上에有臺曰榭ㅣ니黃鶴樓四面에俱有臺榭ᄒᆞ야公이此詩를題于北謝之碑ᄒᆞ고落梅花ᄂᆞᆫ笛中之曲調也ㅣ라上二句ᄂᆞᆫ言一從恩譴ᄒᆞ야去長沙之路에向西望長安而不得見家則心神悲傷也ㅣ오下二句ᄂᆞᆫ乃於黃鶴樓에玉笛을試一吹ᄒᆞ니梅花ㅣ亂落於五月天ᄒᆞ야分明愁恨이曲中論ᄒᆞ니聞此曲者ㅣ孰不感傷也哉아

○長門怨

天廻北斗掛西樓　月光欲到長門殿
金屋無人螢火流　別作深宮一段愁

此는北斗星이轉于北天而掛于樓西ᄒᆞ니知夜深也오寂無人跡而金屋之前에螢火流去則見夜色也라在天之明月이欲到於長門殿ᄒᆞ니一段愁緒를何以掃除耶아上二句는言斗回螢流ᄒᆞ야觸目生愁也오下二句는言到深宮에又添悲恨也라

○天門山

天門中斷楚江開　碧水東流至北廻
雨岸青山相對起　孤帆一片日邊來

此는李白이見天門山而作也라山勢中坼而有江ᄒᆞ니江則楚之江也라江之碧水一日夜東流라가又折而至北ᄒᆞ야螢廻而來ᄒᆞ고江之兩邊에青山이對峙ᄒᆞ야峨而立이라遙看一片孤舟에掛其帆ᄒᆞ고帶日光而泛來ᄒᆞ니此亦仙侶同舟晚更移者耶아上二句는言山斷水流也오下二句는言岸起帆來也라

○夜宴公主宅　武平一

王孫帝女下仙臺　金榜珠簾入夜開
遽惜瓊筵歡正洽　惟愁銀箭曉相催

此는宴公主宅故로曰王孫帝女ㅣ下仙臺라ᄒᆞ고金榜珠簾은宮室
之侈美也오入夜開는夜宴故也오遽惜은深惜之謂也오瓊筵歡正洽은衆心和暢
ᄒᆞ야其樂이無窮이오惟愁는只愁之謂也오銀箭曉相催는漏水丁東ᄒᆞ야更刻이
屢變ᄒᆞ야此夜가倏去也라○上二句는言夜宴之初也오下二句는言曉催之愁也
라

○贈花卿　　杜甫

錦城絲管日紛紛　　此曲秖應天上有

半入江風半入雲　　人間能得幾回聞

花卿은劍南節度花敬定也라錦城은蜀郡也라時에花卿이在蜀ᄒᆞ야頗偕天子禮
樂故로子美作此諷之라絲管紛紛은樂之盛也니言花卿이坐錦城而奏樂이日益
紛華ᄒᆞ니言外見無事不日紛紛也라第二句는言其聲이悠遠則半入江風ᄒᆞ고其
聲이高抗則半入雲裡ᄒᆞ니風雲은本天上之物이어늘今花卿之驕貴는是亦風雲
이生於足下者ㅣ라第三句는言於是에乃微示其意曰此曲이入風入雲ᄒᆞ야只應
天上에乃得有之라ᄒᆞ니以見天朝之樂은止應天子ㅣ有之오下此者는何敢僭乎
아第四句는言人間에不惟不敢作而且不能聞ᄒᆞ니其能得聞者有幾回乎아若錦

城絲管이惟日紛紛則得聞天上曲者ㅣ殆無回數矣니所以深諷花卿之僭妄也라

○山中對酌　李白

兩人對酌山花開
一盃一盃復一盃
我欲醉眠君且去
明朝有意抱琴來

此는李白이與友人으로對酌也라言山花盛開之時에設杯盤於花叢之中而兩人이與酒相屬홀식李白이舉杯而勸客ᄒᆞ고客이舉杯而勸李白ᄒᆞ야一盃復一盃ᄒᆞ야至於幾百盃ᄒᆞ야酒已沉醉矣라李白이謂客曰我已酒醉ᄒᆞ야方欲成眠ᄒᆞ고君亦欲歸去ᄒᆞ니明日도若有意於今日之遊則君抱其琴而來ᄒᆞ야復於此地에酬酢相樂ᄒᆞ야以暢未盡之興味ᄒᆞ며又恐欲飛之風花耳라上二句는言觥籌交錯也오下二句는言更問後期也라

○長信宮　李商隱

君恩已盡欲何歸
猶有殘香在舞衣
自恨身輕不如燕
春來還繞御簾飛

宮人所恃君恩이以爲歸結者也라若君恩이已盡이면此身이將何所歸哉아說得
楚楚可憐이라舞衣上에猶有君前所賜之殘香이尙在ᄒᆞ니若無此香이면便不提
起心中恨處ㅣ라恨은却恨誰오恨自身耳라○自身이不曾做得箇燕子ᄒᆞ니一身
輕飛ᄒᆞ야漫無拘束ᄒᆞ야何處不可飛繞如意리오比那燕子ㅣ秋去春來ᄒᆞ야隔了
冬還得繞御簾ᄒᆞ야見君王之面ᄒᆞ디獨此長信宮人은如金針落梅ㅣ永無出期ᄒᆞ
야曾燕之不如矣라

○巴陵夜別王八員外　賈至

柳絮飛時別洛陽
梅花發後在三湘
世情已逐浮雲散
離恨空隨江水長

此는賈至가巴陵夜에別王八員外也라柳絮飛는以暮春時로辭家而出이라梅花發은至今歲之春初ᄒᆞ야復在三湘ᄒᆞ니踪跡이無常ᄒᆞ고聚散이不定ᄒᆞ야便有浮雲之感이라其時王員外貶長沙而賈亦被謫故로覺世情의消散이等於浮雲也라王員外는流洞庭而南ᄒᆞ니是는隨乎江水長也니離恨之長이隨乎江水ᄒᆞ고但世情이旣已消散ᄒᆞ니雖有愁恨이나亦何益哉아故曰空隨ㅣ라○柳絮時는暮春也오梅花發은春初也니此二年耳라

○宴城東莊　崔敏童

一年又過一年春　十千沽酒莫辭貧
百歲曾無百歲人　能向花中幾回醉

此는言又過一年春은流光이容易過去ㅣ라若說人壽至多ㅣ면不過百歲나然이나曾無有百歲之人則又安能得一百箇春乎아第三句는言知人壽之難得ᄒᆞ야須及時行樂ᄒᆞ야勿貪春花ㅣ니如今日之宴은可謂能醉一回矣니不知從此以後로能醉於花中者ㅣ幾回오能字는最有力ᄒᆞ야呼起下句意ᄒᆞ야第四句는沾酒ᄒᆞ고莫辭字ᄒᆞ고合上能向字ㅣ라十千沽酒는貧之者ㅣ不能이나然이나亦辭不得이오以春光之貴而可惜ᄒᆞ야雖一刻이나亦千金也故로一轉一合ᄒᆞ야云能如是樂이면便莫辭貧이라ᄒᆞ니曹植詩云美酒斗十千이라

○和前題　崔惠童

一月主人笑幾回　眼看春色如流水
相逢相値且銜盃　今日殘花昨日開

莊子曰人이上壽百歲오中壽八十이오下壽六十이니除疾病死喪憂患이면其中

開口而笑者ㅣ一月之中에不過四五日而已라第二句ㄴ言歡笑無多ᄒ고良辰有限故로但遇適情之處ㅣ면且去銜盃오亦不必論知心相聚也라第三句ㄴ言春色이如流ᄒ야眼看春又過矣니然이나所以如流水之故로全在下句拍合이라第四句ㄴ言昨日花開에今日殘明日盡矣리니花殘이豈能再鮮이리오猶之流水ᄒ니豈能再反이리오則是白頭ㅣ豈能再黑乎아不圖歡笑銜盃更待何日이니然이나此句ㄴ却用倒裝法故로佳ㅣ나後人詩云昨日少年今白頭ᄂ口氣ㅣ便順이라

○送梁六　張說

巴陵一望洞庭秋　聞道神仙不可接
日見孤峯水上浮　心隨湖水共悠悠

巴陵郡은今岳州府니臨湖故로一望而滿目皆秋矣라第二句ㄴ言此中形勝이疑是神仙居之니然이나孤峰이浮於水上者ㄴ君山也라第三句ㄴ言此承望字ㅣ오嘗聞說神仙이渺茫ᄒ야難以居趾相接ᄒ니以比梁六이此去飄若神仙也라第四句ㄴ言此與不可接으로合ᄒ니湖水ㅣ旣悠悠而心復與之俱遠ᄒ니不言送別而送別之情神이透露라

○少年行　李白

五陵年少金市東　銀鞍白馬度春風
落花踏盡遊何處　笑入胡姫酒肆中

五陵은乃漢帝之陵이니謂長陵安陵陽陵茂陵平陵也라豪俠이多家於此ᄒ고度洛陽三市에金市爲大라起句의先寫少年出落處라次寫少年鞍馬之富ᄒ고度春風은言春風中度去ー니便伏踏落花之本이라銀字ᄂ映上金字라第三句ᄂ言踏落花已盡則遊非三處矣니宛是少年行徑이나然이나尙有箇去處ᄒ야從傍人見之면看其行行止止不知要遊何處也라第四句ᄂ言姫在酒肆中當壚ᄒ야少年이不覺喜笑ᄒ고遂入肆中而不出也니於是에傍人이見其所遊면乃在這裏라○此ᄂ樂府題니游俠三十一曲之一이라

○橫江詞

橫江館前津吏迎　向余東指海雲生
郎今欲渡緣何事　如此風波不可行

橫江浦ᄂ在和州ᄒ니對采石往來濟渡處라津吏ᄂ主迎送者ー라津吏ー一頭說

ᄒ고一頭用手東指海雲生則天變而風作이라郞字는誤ㅣ니當是卽字라旣訝他
欲渡而又問云因何急事要去也오又手指江而曰如此風波는正與向余東指句로
應이오不可行은是固阻其行而深戒之辭ㅣ라

○黃鶴樓送孟浩然之廣陵

故人西辭黃鶴樓　　　孤帆遠影碧空盡
烟花三月下楊州　　　惟見長江天際流

故人은指浩然이라西辭는欲往楊州也라起句는扼定浩然而全題俱動이라第二
句는此正承明西辭黃鶴樓者는下楊州라此之時是烟花三月은楊州는乃烟花之
地오三月이又烟花之時라下者는從上流而下也라加四字於下楊州之上은土風
時景이都有ㅣ라第三句句는言此時에在樓頭以目送也라浩然之舟上之孤帆이
望其影이至碧天之盡而帆影俱盡이라第四句는言東望에旣不見帆影ᄒ야於是
에回顧西望ᄒ니但見浩浩長江之水ㅣ一從天際流來而己라

○早發白帝

朝辭白帝彩雲間　　　兩岸猿聲啼不住
千里江陵一日還　　　輕舟已過萬重山

白帝城은在蜀中魚腹이라公孫述이據蜀時에井中에見白龍호야號白帝라白帝
城池甚高故로曰彩雲間이라第三句는言峽長七百里에兩岸連山호야猿最多啼
라不住는言早也라第四句는言曉猿之啼出未歇호니是는未過早也而輕舟已過萬
山호니是는言迅速之極이라啼不住ㅣ與已過二字로呼應이라○啼不住之住字
는或作書字ㅣ라

○山中問答

問余何事棲碧山
笑而不答心自閑

桃花流水杳然去
別有天地非人間

上二句는此叙問答이라下二句는言山中에此詩信手拈來호야字字入化호고無
段落可尋이나特可會其意而不必拘其辭也라○問之曰棲息於碧山之中이此何
事也오不答之而但笑之호니不答而笑之之中에有超羣離俗호고輕世肆志之氣
호고見其碧山中에淸溪流去而水中桃花泛泛而來則似非人世之間호야殆近於
武陵之仙源耳라

○東魯門泛舟

日落沙明天倒開　　輕舟泛月尋溪轉
波搖石動水縈廻　　疑是山陰雪後來

東魯門은在兗州府城東이라第一句는言日光落下ᄒ야照沙而明ᄒ니有似乎天在下者故로曰倒開라第二句는言水騰起ᄒ야爲波搖石如動ᄒ고其四面이皆水ᄒ야縈旋廻繞ᄒ니總言泛舟時景이라第三句는言日落則月上ᄒ고水縈廻則溪自轉折이라於此時에泛舟尋溪ᄒ니何減剡溪一曲이리오第四句는言晉王徽之居山陰ᄒ야夜雪初霽ᄒ고月色淸朗ᄒ야四望皓然ᄒ니忽憶戴安道ᄒ야夜乘小船訪之러니今之泛舟ᅵ與同於王子也라

○秋下荊門

霜落荊門千樹空　　此行不為鱸魚膾
布帆無恙掛秋風　　自愛名山入剡中

荊門山은在荊州府西六十里라霜落葉則樹空矣니先寫秋意라第二句는言此以

題中下字意로承이라顧愷之爲殷仲堪參軍호야在荊門假還호씨仲堪이以布帆
借之호니至破塚호야遭風호야與仲堪箋曰行人이安穩호야布帆無恙이라호니
라今下荊門에用此意恰合이라第三句는言此行이便緊接上文作轉호니以張翰
이見秋風起호고思吳中蓴鱸一事호야開一筆이라第四句는言劍縣은隷會稽호
야多佳山水ㅣ라自字ㅣ合上不爲二字ㅣ라

○蘇臺覽古

舊苑荒臺楊柳新
菱歌清唱不勝春
只今惟有西江月
曾照吳王宮裡人

舊苑은吳王夫差ㅣ都姑蘇호야有桂苑이오荒臺는姑蘇臺也라苑已舊호며臺己
荒호고推柳色長年新耳라新舊二字ㅣ便寓感慨라第二句는言張協七이命榜人
奏採菱之曲이라言荒臺寂寂호고所聞者ㅣ菱歌를清唱於春風而不勝懷古之思
也라第三句는言所見者ㅣ新柳ㅣ오所聞者ㅣ菱歌니然이나悉非當年故物也오
只今所有當年故物은其惟西江之月乎ㄴ뎌第四句는言所謂今月은曾經照古人
也라此只今惟有四字는用在轉句ㅣ라

○越中覽古

越王句踐破吳歸　　宮女如花滿春殿
義士還家盡錦衣　　只今惟有鷓鴣飛

吳王夫差ㅣ爲越所破ᄒ야自殺ᄒ니越王이乃葬吳王而誅太宰嚭ᄒ니吳地盡入
於越이라第三句ᄂ言古詩稱美女를如畫如花ᄒ고滿春殿은何其多也오此二句
ᄂ總以越王之豪華로極言之而以首句로爲冒下ᄒ니用一承一轉이라第四句ᄂ
言春殿이廢爲荒邱ᄒ고美人이盡爲黃土ᄒ고只今所見이惟有鷓鴣飛而已라鷓
鴣ᄂ出南方ᄒ야鳴常自呼ᄒ고常向日而飛ᄒ며畏霜露ᄒ야早晚不出ᄒ고有時
夜飛則以樹葉覆背上이라

○芙蓉樓送辛漸　　王昌齡

寒雨連江夜入吳　　洛陽親友如相問
平明送客楚山孤　　一片冰心在玉壺

芙蓉樓ᄂ在鎮江府城西北隅ㅣ라時以被讒入吳로冒雨夜行而連江皆雨色也라

平明은夜行之明日이오送客은送辛漸入洛이라楚山孤는樓頭所見이니大江之北
은皆楚地라辛漸이曉行ᄒ야赴洛ᄒ서依山而行이오楚山孤는賦其所見也라如
相問은辛漸이至洛ᄒ야倘有親友ㅣ以我之行藏으로問이라在玉壺는此爲辛漸
答親友之語ㅣ라說我宦情이已冷ᄒ야如一片氷을貯之玉壺ᄒ야日就淸冷而相
得也라

○送別魏二

醉別江樓橘柚香　憶君遙在湘山月
江風引雨入船凉　愁聽淸猿夢裏長

醉別江樓는與魏二로臨江樓盡醉而別去ㅣ라橘柚香은秋深時也라小曰橘이오
大曰柚ㅣ라入船凉은此是魏二別後에舟行入江ᄒ니江風吹雨來入船而
秋凉이特從此入瀟湘路矣라看此句에有五層이라湘山月은先從別時而遠憶其
至湘山之月夜ㅣ라夢裡長은山月照而淸猿啼ᄒ니聽之者ㅣ客心凄切故로愁聽
이나然이나卽使睡去而夢裡에亦聞猿啼ᄒ니我思君此際에能無離索之感이리
오

○春思　賈至

草色靑靑柳色黃
桃花歷亂李花香
東風不爲吹愁去
春日偏能惹恨長

此時는是初春而或靑或黃하야春光滿眼하니宜乎減愁矣라李花香은此時는是盛春이니桃李芬菲하니又宜消愁矣라吹愁去는愁之不去를乃歸於東風하니以其不能爲我吹愁去也라惹限長은不但不吹愁去ㅣ라又惹得恨長하야復歸怨於春日하니春日東風이如此春思에何오此詩는二聯皆對라

○濟江問舟子　孟浩然

潮落江平未有風
輕舟共濟與君同
時時引領望天末
何處靑山是越中

潮落故로江平하고尙未有風則可以濟矣라輕은小船也오共濟는共舟子也오與君은與舟子也라望天末은心中想越故로有引領之望이라時時則望之之勤이오天末則望之之遠이라是越中은此問詞也라江上山靑이無數하니安知越山이在

於何處故로指靑山以問舟子而欲一決其迷途也也라

○集靈臺

虢國夫人承主恩　却嫌脂粉汚顏色
平明騎馬入宮門　淡掃蛾眉朝至尊

集靈臺는在華淸宮하니玄宗이置라貴妃三姨ㅣ韓國秦國虢國三夫人而虢國이尤艶故로獨稱其承主恩이라夫平明은何時며金門은何地而騎馬以入者ㅣ爲承主恩也니內作色荒은明皇이其有之乎ㄴ며汚顏色은外傳에載虢國은不施脂粉호디自有美艶호야常素面朝天이라하니嫌脂粉爲汚則自恃素面之潔矣니隱然有勝過其姊之意라朝至尊은此正平明時也라淡掃蛾眉는不但寫其娟潔이라亦有急欲朝天之態라

○渡桑乾　賈島

客舍幷州已十霜　無端更渡桑乾水
歸心日夜憶咸陽　却望幷州是故鄉

桑乾은河源이出馬邑縣北洪濤山下ᄒᆞ야東南入蘆溝河ㅣ라島ㅣ作客寓太原이
已十年矣라已字妙ㅣ라言客并十年이固已嘆其淹留矣라憶咸陽은此十年中에
無日夜에不思歸咸陽則庶幾得歸故里ᄒᆞ야以慰我心乎아無端은猶言無故ㅣ니
謂不知是何緣故오竟由不得我作主ㅣ라渡桑乾은並州ㅣ與咸陽近호ᄃᆡ尙不得
歸ᄒᆞ니不但不得歸而更北渡桑乾河ᄒᆞ야又去並州ㅣ二百餘里矣라並州도尙不
得住ㅣ온何況歸咸陽고却望是故鄕은却字ㅣ更用得妙ᄒᆞ니言向爲憶故鄕故로
厭並州ㅣ러니今却把並州一望에當做故鄕ᄒᆞ니然則並州而且不得ᄒᆞ니又安望
歸咸陽哉아此ᄂᆞᆫ總爲憶咸陽心切故로深一層寫法이오非眞以並州로爲故鄕也
라

○宮中詞　朱慶餘

寂寂花時閉院門　　含情欲說宮中事
美人相并立瓊軒　　鸚鵡前頭不敢言

此亦宮怨也라言花時ᄂᆞᆫ何時而乃寂寂閉門ᄒᆞ니美人之傷春이甚矣라美人
은女伴이相並而立ᄒᆞ야情緖ᄅᆞᆯ彼此不堪ᄒᆞ야各欲說其心中事也라含情欲說宮
中事ᄂᆞᆫ含情은不敢吐露ᄒᆞ고欲說不便은卽說宮中事니如寵移愛奪과嬌極妬生

種種恩怨之事ㅣ니不可洩於人者ㅣ라不敢言ㅎ은正欲說時에攙頭看見鸚鵡ㅎ니是
能言之鳥ㅣ라便避忌而不敢說ㅎ니是則美人之苦ㅣ到底無可說處ㅣ오避鳥ᄂᆞᆫ
比避人情更苦ㅣ라

○題昔所見處　　崔護

去年今日此門中
人面桃花相映紅
人面不知何處去
桃花依舊笑春風

崔護ㅣ不第時에游成都홀시得村居花木叢ㅎ야渴求飲ㅎ니有女啓門ㅎ고以盃
水至ㅎ야倚桃樹佇立ㅎ야意屬이殊甚이어늘崔ㅣ辭起라其後에尋之ㅎ니門庭
이如故호ᄃᆡ戶扃이鎖矣라因感傷題詩云이라此門中은貫下ㅎ니以今年今日而
想去年今日ㅎ니總只爲此門中之故ㅣ라相映紅은去年此門中에見人面ㅎ고因
見桃花ㅎ니紅的紅과白的白이相映ㅎ야更多嬌媚라何處去ᄂᆞᆫ崔郎此來ㅣ爲此
門中桃花乎아爲人面也라乃人面은獨不知其處所矣니眞使人悵然이라笑春風
者ᄂᆞᆫ去年笑春風은桃花映着嬌面이러니今年依舊笑春風은且笑着情痴郎이空
對春風ㅎ야幾回悽惻也라

○江樓書懷　趙嘏

獨上江樓思悄然　月光如水水如天
同來玩月人何在　風景依俙似去年

思悄然此句는包裹全首ᄒᆞ고神情이全在獨上二字內ᄒᆞ고與下同字應이라水天은獨上江樓時에望見水天一色而獨我一人이在此ᄒᆞ니豈不悄然이리오人何在는從今日之獨來ᄒᆞ야忽然而想到吾亦曾同故人ᄒᆞ야來此玩月而人在何處也라似去年은人有離合이나風景則同ᄒᆞ며此水月이同호되人之心情은不同이라同來則歡然ᄒᆞ고獨上則悄然故로視此風景에不無小異ᄒᆞ야所以加依俙二字ᄒᆞ니依俙似는猶云不差大概也라倒結出去年二字ᄒᆞ니最有情이라○前詩는以去年起ᄒᆞ고此詩는以前從去年ᄒᆞ야各極情致ᄒᆞ고前從去年ᄒᆞ야到今日은用順推法이오此는從今日ᄒᆞ야轉去年은用逆鎖法이니並臻妙境이라

○客有卜居不遂薄遊秦隴因題　許渾

海燕西飛白日斜　天門遙望五侯家
樓臺深鎖無人到　落盡東風第一花

此는許渾이代客而作也라海燕은喩客이오西飛는喩客到長安이오白日斜則日晚當尋住處ㅣ라天門은天子都門이니地高而望遠이라客無房子住ㅎ야情況이無聊ㅎ야乃遙望五侯甲第如雲ㅎ고因作想曰有房子的ㅣ如此其多而卜居不遂ㅎ니能無怨恨가深鎖則房子ㅣ都空郤矣니不但無人住ㅣ得이라卽一到亦是不可得이라第一種花는花之貴者ㅣ니至落盡而主人不知ㅎ니正見得重門深鎖之故也라此詩는許渾이代爲卜居人ㅎ야寫寥落ㅎ고郤將豪華處ㅎ야寫以反形之라

○折楊柳枝詞　段成式

枝枝交影鎖長門　嫩色曾沾雨露恩
鳳輦不來春欲盡　空留鶯語到黃昏

此는託爲宮人ㅎ야詠柳之詞故로曰鎖長門이오交影은言其密也라○柳는比己之少ㅎ고雨露는比君之恩이라鳳輦不來春欲盡은言君不臨幸ㅎ고又值殘春ㅎ야芳華歇而歲月流ㅎ야辜負韶光ㅎ니良可悲也라空留鶯語到黃昏은言此鶯語也니大抵是怨紅愁綠耳라黃昏私語를誰人知道오故로曰空留ㅣ라此盖有不得於君者故로託之宮怨也라此는折楊柳로爲題而上二句는露出楊柳ㅎ고下二句

는楊柳가隱於裏面耳라

●暮春滻水送別　韓 琮

滻은爲長安八水之一

綠暗紅稀出鳳城　行人莫聽宮前水
暮雲宮闕古今情　流盡年光是此聲

綠暗紅稀는正是暮春時候ㅣ라鳳城은長安城也라許琮이於此送別이라當今에客이日暮而望雲中宮闕ᄒ니古今來人情이誰不於此에瞻戀이리오行人莫聽宮前水는言行人은泛指行路之人이오宮前水는蓋從宮中流出ᄒ야其聲이晝夜不息者ㅣ라流盡年光은言水流不息ᄒ고年光如駛ᄒ니是年光이若彼此水流盡了ᄒ고人在流水聲中離別ᄒ니少年人은不知做多少白頭ㅣ라水聲이雖妙ㅣ나聽之에無乃移情故莫聽이라琮의送別이未知何人而綠暗紅稀는別時之景也오暮雲宮闕은望之之情也오莫聽水는光陰이如流水而人生之離別이尤可悲也라

●宮怨　司馬禮

柳色參差掩畫樓　年年花落無人見
曉鶯啼送滿宮愁　空逐春泉出御溝

參差는長短不齊之貌ㅣ라柳多而色暗故로晝樓ㅣ爲其所遮ᄒ니言寂寥也ㅣ라滿
宮愁는言鶯啼於曉柳는最宜로딕鶯이當幽夢乍醒之際ᄒ야忽聞
鶯啼ᄒ고提起傷春情緒ᄒ니是鶯送愁來也ㅣ라花落無人見은言春愁一起에因想
年年花開에因無人知ᄒ고卽花落에亦無人見이如己之容色이凋謝ᄒ야虛度春
光而已ㅣ라出御溝는言花落而委於溝中ᄒ야再妍無日이나然이나花猶能逐春泉
而出御溝而人則老死於宮中已耳니情實可憐ᄒ야此所謂怨也ㅣ라

○題新鴈　杜荀鶴

暮天新鴈起汀洲　想得故園今夜月
紅蓼花踈水國秋　幾人相憶在江樓

新鴈은秋鴈也ㅣ오汀은平也ㅣ오洲는水中之地니鴈所棲止處ㅣ라紅蓼는水紅花也
라鴈飛之際에紅蓼淸波ㅣ一片秋聲秋意니因而有感ᄒ야想及故園이라今夜月
은因是暮天故로有夜月ᄒ고因見夜月而想故園ᄒ며因思故園人之想我ㅣ라在
江樓는言幾人은不定之詞也ㅣ라江樓ㅣ與水國으로彷彿ᄒ니必曰江樓者는江上
樓頭對月에必多懷遠之思也ㅣ라上二句는言見秋鴈紅蓼而惹起鄕園之思ᄒ야可
謂觸目生愁也ㅣ오下二句는言非徒我之思故鄕이라回思故鄕思我之幾人이上江

○淮上別故人　鄭谷

楊子江頭楊柳春　數聲風笛離亭晚
楊花愁殺渡江人　君向瀟湘我向秦

楊子江은 叙別之地오 楊柳春은 叙別之時故로 意重兩楊字호니 唐人所長이라 楊花는 緊承楊柳호야 以見暮春이오 渡江人은 凡一切渡江者ㅣ오 三重楊字는 如貫珠ㅣ라 離亭晚은 此句가 方轉到故人一別이오 風笛은 亦從楊柳生出호니 盖古人이 折柳贈別而笛曲에 有折楊柳也ㅣ라 晚字는 映暮春이라 君向我向은 言離亭一別이 各有所向호고 又不知何時에 復聚矣라 前三句는 作頓호고 此句는 爲挫호니 言下別意悵然이라

○西施石　樓穎

西施昔日浣紗津　一去姑蘇不復返
石上青苔思殺人　岸傍桃李爲誰春

西施石은會稽土城山邊에浣紗石也라浣紗
津故로至今傳也라思殺人은言不說人想西子호고石上靑苔猶今人思殺ㅣ라不
復返은越王句踐이將西施獻於吳王호야遂令佳人不返이라爲誰春은西施ㅣ去
에春色을誰爲管領고卽岸傍桃李ㅣ當自嗟其無主耳이라

○華淸宮　杜常

行盡江南數十程

曉風殘月入華淸

朝元閣上西風急

都入長楊作雨聲

行盡江南은杜常이想從江南來호니謂己行盡其地也라數十程은一日所行이爲
一程이니行過江南호고又歷數十日程而及華淸이라此三字는不連上看이라曉
風殘月이最懷慘人이니今杜常이入華淸時而曉風이吹入호고殘月이亦照入이
라朝元閣은乃祀玄宗之所ㅣ니在華淸宮內라作雨聲은風聲急이有似雨聲이
라長楊宮은本秦舊宮이니至漢修之호야以備巡幸호고宮有垂楊數畝故로名이
라長楊이與朝元閣으로相去甚遠호디只因唐衰호야天子不幸華淸與長楊兩宮而
百姓이凋零이라風聲雨聲이總是衰颯之景故로二處ㅣ雖懸이나風雨蕭條ㅣ如
一也라

○天津橋春望　雍陶

津橋春水浸紅霞　　翠輦不來金殿閉
烟柳風絲拂岸斜　　宮鶯銜出上陽花

橋在河南府城外ᄒᆞ야架洛水ᄒᆞ니隋煬帝建이라首句ᄂᆞᆫ以津橋로起爲冒ᄒᆞᄀᆞ春
水中에映紅霞如倒浸者ᄂᆞᆫ此從望中得之라烟柳ᄂᆞᆫ烟中之楊柳ㅣ요風絲ᄂᆞᆫ風中
之游絲라拂岸斜ᄂᆞᆫ柳與綠ㅣ俱拂津橋之岸ᄒᆞ니此亦從望中得之나然이나所得
見者ㅣ只有此耳이라金殿閉ᄂᆞᆫ言此寂寥景況也라唐以洛陽으로爲東京ᄒᆞᄀᆞ全
盛之時에數甞遊幸이러니至是에闔宮이用事ᄒᆞ야天子ㅣ不復能遊故로不復見
天子之翠輦而宮殿이久閉矣라上陽花ᄂᆞᆫ上陽宮에無人ᄒᆞ야橋頭一望에興衰可傷ᄒᆞ니只有此春
宮花ㅣ亦無人玩賞ᄒᆞ야却被鶯兒銜出ᄒᆞ야
水紅霞風絲烟柳ᄒᆞ야昔如是ᄒᆞᄀᆞ今亦如是而已라

增訂註解七言唐音　終

增訂註解 五言・七言唐音 全

重版 印刷 ●2003年　2月　15日
重版 發行 ●2003年　2月　20日

校　閱 ●明文堂編輯部

發行者 ●金　東　求

發行處 ●明　文　堂
서울특별시 종로구 안국동 17~8
대체　010041-31-001194
전화　(영) 733-3039, 734-4798
　　　(편) 733-4748
F A X 734-9209
Homepage www.myungmundang.net
E-mail mmdbook1@myungmundang.net
등록　1977. 11. 19. 제1~148호

값 15,000원
ISBN 89-7270-723-6 93820